中公文庫

60代、変えていいコト、変えたくないモノ

岸本葉子

中央公論新社

目次

60代、変えていいコト、変えたくないモノ

振り込め詐欺に遭う

不覚にも詐欺に遭ってしまった。事の出だしはネットでの商品購入。手口を知っていただきたく、お恥ずかしいが一部始終を書くことにする。

買ったのはスポーツシューズ。大手ショッピングサイトでは売り切れで、検索サイトに商品名と型番を直に入力したところ、残っている店があった。サイトトップには「スポーツ専門店」と。

不審は抱かなかった。以前もショッピングサイトで売り切れの品を、専門店のオンラインショップで買ったことがある。これも同様のケースだろう。定価約１万６千円の品が９０６０円。すごく安ければ怪しむが、これも納得の範囲内だ。昨年の商品で、そろそろ今年のが出る頃だ。在庫処分をしたいのだろう。

商品ページの下の方には、会社名、沖縄県の住所と電話番号、メールアドレス、社長の氏名が載っていた。

ほどなく注文確認メールが届く。挨拶にはじまり、ごく一般的な利用ガイド。支払い方法についてはリンク先が案内されている。リンク先で示される番号を、コンビニの端末で入力し、出てくる伝票をレジに持っていって支払うしくみ。

　ここですでに「あー、ダメだ」と思われた読者もいることだろう。マルチメディア端末を使った架空請求詐欺だ。そう知ったのは後からで、そのときも私は「端末って、よく人がチケットなんかを買っている、あれだな」と疑いを差し挟まなかった。当日、入金確認メールが届き、商品を発送したら連絡すると。で、来ない。商品もメールも。発送まで3〜5日かかるとサイトにあるので、律儀に中5営業日待ってメール。３営業日後に再度。返信はない。

　サイトにあった番号に電話すれば、なんとスポーツのスの字も関係ない食品販売店だった。同様の問い合わせが多く、電話番号を使われているらしいと。えーっ⁉　やりとりしていたメールアドレスを検索サイトで調べたら、偽サイトとしてばっちりリストアップされていた。私ってホント無知。９０６０円の商品になぜか９０００円の請求が来たのを「サービスしてくれたんだ」と感謝し、支払い後の二度のメールも「入れ違いにご発送いただいていたら失礼をお詫び申し上げます」なんて丁重さを極めていたのだから、騙す方にすれば赤児の手をひねるようなもの……。

　この手の詐欺はいくらでもあるという。皆様どうぞお気をつけて。

架空請求のハガキ

郵便受けに一枚のハガキが来ていた。「総合消費料金未納分訴訟最終通知書」なるもの。「と」の何番といった管理番号がふってある。文面は、貴方の未納料金につき訴訟が申し入れられた、取り下げ期日までに連絡しないと、裁判所へ出廷を命ぜられたり、財産を差し押さえられたりする恐れがあると、ものものしい言葉が並んでいる。取り下げの最終期日は、「え、明後日？」。

差出人は「民事訴訟管理センター」。千代田区の官庁街の住所と、消費者相談窓口の電話番号が記され、受付時間は日・祝を除く9時〜18時とある。折しも18時5分前だ。とりあえず電話し、身に覚えのないことを言おうか？

「いや」。すでにスポーツシューズの購入で、架空請求詐欺に遭っている私。脳内の「不審物センサー」が作動する。文面が具体性に乏しすぎる。住所が千代田区なのに、消印が全然関係ない区であるのも変。

スポーツシューズのときは詐欺とわかった後ＵＲＬを検索したら、偽サイトとしてばっちり挙がってきた。今回は事前に、通知書名で検索。すると、出るわ、出るわ。「総合消費」と入力しただけで、自治体からの注意喚起がずらりと。記載の番号に電話しては絶対いけない、弁舌巧みにお金を騙しとられてしまうという。通知書名や発信者名にはバリエーションがあり、省庁名をかたるものもあるそうだ。いわれてみれば、ひらがな混じりの管理番号や受付時間が、いかにも公的機関をよそおっている感じ。

「消印で馬脚をあらわしたな」。文面そのものも訴訟手続きを少しでも知っている人には荒唐無稽かも。しかし、これだけ広く注意喚起されている、有名な詐欺ハガキでありながら、いまだ送ってくるのは、引っかかってしまう人が跡を絶たないのだろう。

詐欺に遭うなんて、かつての私にはニュースの中の出来事だった。還付金を振り込みたいので口座の暗証番号を教えて下さいなんてこと、あるわけないのに、なぜに信じてしまうのかと。が、それは傲慢な受け止め方だったと、「引っかかってしまう人」になった今は思える。スマホにも日々怪しいメールが届く。謎の請求書、督促状、宅配便の業者名に似たアドレスからの荷物預かり通知など。すぐ近くまで詐欺が押し寄せ、取り囲まれている！

情報を共有し、気をつけていきたい。

通信不能

とある金曜、家で仕事をはじめると、インターネットの接続ができない。壁際の棚に、ＮＴＴの機器とひかり通信のルーターが並んでいるが、後者に異常ランプが点灯中。

ひかり通信のサポートセンターにスマホで電話し、先方の言うとおり、ケーブル、コードを抜き差しすること1時間。家具を動かし、埃をかぶり、あちこちへもぐり込んだ室内は、狼藉の後のように荒れ果てた。

先方の言うにはルーターの不具合。交換機器を無償で送る、発送日は定かでないが1週間くらいと。1週間もネットが不通⁉

とりあえず書類はファクスで送ろう。近頃ファクスを全然使わず、固定電話に来るのは詐欺まがいの電話ばかりだから、「ファクス電話、なくていいかも」と考えていたが、とっておいてよかった。

ところが、なんとファクスも不通。受話器を上げても無音である。知らないうちに「通信の孤島」となっていた！　ファクス電話には「回線診断」なるメニューがあり、押して出てきた紙のレポートによると、回線は異常なし。するとこちらも機器の不具合？

書類を郵便で送った後、閉店間際のショップへ駆け込み、ファクス電話を買い替えた。

土曜朝、届いたそれを設置する。電話もひかりなので、昔のように壁の穴に挿すだけ、ではない。接続を間違えぬよう、元のケーブル類と一本ずつ付け替え、慎重を極めた。

なのに、受話器を上げるとやはり無音。電話だけでもつながるものと期待したのに依然「孤島」か。ひかり電話のサポートセンターに救いを求めれば、カスタマーＩＤ、14桁を聞かれ、２年半前申し込んだときの書類を探して、室内はまた荒れ果てた。

先方の言うには、建物全体のひかり回線に関する装置の不具合。ＮＴＴに引き継がれ、火曜日に来ることになる。ルーターの不具合との説は？　回線は異常なしとの「診断」は？　もう何が何やら……。

ああ、通信。私が社会人となってからの間に、これほど複雑化し、かつ依存度の高くなったものが他にあろうか。仕事上のライフラインに等しいが、個人の家の通信システムは、企業のそれと比較にならぬほど脆弱だ。この私が接続をしていることがすでに危ういし、不具合の原因も「装置とやらのあるところが暑すぎたのかしら」などと想像しているくらいだから。

火曜にほんとうに直るのか？　どきどきの日が続く。

「持ち分」のはざ間で

金曜にネット、ファクス電話ともつながらなくなった件。ひかり通信の会社のサポートセンターからは、建物全体の装置の不具合と言われ、火曜にＮＴＴが来るが、不安だ。ほんとうに直るのか。

疑心暗鬼の背景には、通信の複雑化と、世の中全体の効率化に伴う、担当の「細分化」がある。サポートセンターでは当初、室内のルーターの不具合との診断で、交換品が送られることになったが、いつ着くかと問うと「私は発送の手配までで、発送日はわかりかねます」。それがわかるところは、ないのだ。

自分ではファクス電話の不具合も考え、買ってきた。それでもやはりつながらず、私の接続が悪いのではと、購入したショップに救いを求める。有料でいいので設置サポートをお願いしたいと言うと「接続は設置サポートに含まれません。別途出張サービスの手配はできますが、半月先になりますし、解決するかどうかもわかりません」。

ＮＴＴの人が修理しても依然つながらなかったら、「これ以上は自分の持ち分ではありません」と未解決のまま放置されてしまうのでは？「通信のことなら何でもお任せ！　当日中に駆けつけます」みたいなワンストップ、迅速をうたう業者がいれば、一も二もなくすがる。通信に関するすべてを包括的に診断し、原因を探り当て、解決してくれるサービス。企業で定年になり、完全引退にはまだ早いから在宅ワークへ移行しようという世代は、デジタルネイティブ以前のはず。そうした商売をはじめたら、さぞかし需要があるのでは。

　想像にひたっている場合ではない。現実問題、今泥棒に入られたら自宅の電話から110番もできないのだ。スマホが唯一の命綱。「トイレに落とすなんて間違ってもできないわ」。不安と緊張で食欲まで落ち、少しでも栄養をとればと温うどんにトッピングしたイカ天の油すら、胃が受けつけないほどだった。

　火曜、パソコンで仕事をしていると突然メールの着信音がし、玄関チャイムが鳴ってＮＴＴの人が「修理しましたが直りましたか？」と現れたときは思わず「白馬の王子に見えます！」と手を合わせてしまった。

　だのに金曜、また途絶。書類をアナログにも足で届けるはめに。なぜー⁉

　再びＮＴＴが来て復旧したが、トラウマは深く、いつまた切れるかどきどきしている。

最終手段

自宅にはパソコンが2台ある。書斎のデスクトップとリビングのノートパソコンだ。仕事は原則デスクトップだが、疲れてデスクにもうつきたくないときは、ノートパソコンで作業する。

先日もそちらでメールの処理中「ご丁寧に」と打ったつもりで「?」。「ごて」で止まり「辞書ファイルが設定されていません」との表示。

日本語入力システムの状況を調べると、辞書は確かに設定されている。なのに「ありがとう」も「あり」で止まって、やはり辞書云々と。お手上げである。

そうだ、こんなときこそ、パソコンサポート。通話料のみの負担で、遠隔サポートを受けられる。何年も利用しないまま、月々千いくらの会費がただ引き落とされるのをもったいなく感じていたが、やめないでよかった。

電話すると、すぐつながる。が、ほっとするのも束の間。パソコンへ接続を許可するには、数字の入力が必要だが、その1からして打てない。「ぬ」と1が載ったキーでなく、テンキーでようやく入力できた。相手のカーソルが画面のあちこちを動き回った結果、これはもう日本語入力ソフトそのものをインストールし直すしかないという。シリアルナンバーを控えておいてよかった。

再起動の末、インストール完了。祈る思いで「ご丁寧に」と打つと、またも「ごて」止まりだ。相手のいうに、再インストールは最終手段、それで解決しないなら、ソフトの販売会社に問い合わせてもらうほかないと。

力なく電話を切る。通話時間は64分であった。何十秒かごとに10円の通話料金が、いくらになったか……。

落胆していて、はたと顔を上げる。もしかしてキーボードの問題では？　試しに、デスクトップのキーボードを取ってきてつないだところ、「ご丁寧にありがとうございます」がすんなり変換。ノートパソコンのキーを順に押すと、果たして「ぬ」「ね」「か」が無反応と判明した。こんなことで解決するとは「最終手段」云々は何だったのか。あまりに単純な原因、パソコンサポートの想定外？

キーボードを買ってくれば従前どおり使える。が、それが果たしてとるべき選択か。疲れてデスクにつきたくないほどのときは、ノートパソコンでも作業しない方がいいのでは。

キーボードが壊れたのを機に、働き方を考えよう。

頼りになるのは

通販でものを買うことが本当に多い。家にいた今日は6か所から荷物が来た。本、事務用品、収納用品、梅干し、米、そして水が3箱。これらの箱を開けてつぶし、大きさがある程度揃うように折り束ねるまでしたら、がっくり疲れ、仕事再開までひと休止せずにいられなかった。

箱つぶしにも体力が要る。

米や水は40歳での病後の食養生で、なんとなく体によさげなものをとるようになってから。当時は体力がまだ回復しておらず「食養生をするのは基本、弱りめの人だろうに、この箱つぶし、皆さんどうしているのか」と思った。

その頃に比べ体力はついたが、加齢による疲れやすさが出てきている。社会全体の高齢化も進むから、箱つぶし代行業とか、配送オプションとして開梱・引き取りサービスとかが現れるかも……と想像しハタと打ち消す。何を呑気な。配送そのものの人手が足りないのだ。箱がどうこう以前に届けてもらえなくなるかも。

大手宅配業者で12時―14時着の指定が廃止されたとき、リアルに感じた。病後間もなく、人手不足や過重労働による医療現場の崩壊が問題化したとき「助けてくれる人がいなくなっては困るから、私たちもできることはしよう」といった啓発活動に参加したが、それと似た危機が、配送の現場にも迫りつつある。

郵便局が人手不足のため土曜の配達を止めるというニュースを聞いたときは、世代別人口構成図のあの、下の方ほど細い形が、まざまざと目に浮かんでしまった。生産の拠点は海外に移せたとしても、日頃じかに接する部分は、国内にいる生産年齢の人に多くを頼らざるを得ないのだ。

近頃はコンビニのレジの若い人にも、働いてくれているだけでありがたい、みたいな気持ちになる。前はレシートの渡し方など、社会人教育を受けた身としては眉をひそめたくなることも、正直あったが、今はもう「この人たちがいなければ、通販の払い込みだってできないのだな」と。

通販の利用そのものは止められそうにない私は、できることがあるとしたら、注文時に「まとめてお届け」を選択し、在宅できる日を指定するとか、着払いなら釣り銭の出ないよう準備しておくとか。カスタマーハラスメント的な言動で感情的に追い詰められての離職も、防ぐようにしなければ。そのあたりが今思いつくところだ。

開かずの箱

年上の知人から久しぶりに電話があった。「トランクルームを引き払おうと思って」。12年前、そこを探すのを手伝った。リタイアを控え、職場に置いてある本の保管場所に困ると聞いて。たまたまうちの近くによさそうなところがあり、彼女の家からも車で行き来しやすいとのことだった。でも結局入れっぱなし。つまりなくてもすむ本とわかり、思いきって処分することにしたそうだ。

実は私の段ボール箱も1つ置かせてもらっている。中身の詳細は知らない。写真と「成績物」と父が言っていたから、おそらく子どもの頃描いた絵や自由研究帳の類だ。父の家にあったが、突然父が持っていってくれと言い出した。

今思えば、父の頭の中で老齢化に伴う何かがはじまっていたのだろう。父にしてはめずらしく強情で私は「そんな厄介払いみたいに言わなくても。置き場の問題だってあるし」と内心不承不承、自宅へ送った。そのタイミングで起きたトランクルーム探しは渡りに舟で、彼女が荷物を搬入する際、車で寄ってもらいいっしょに運び込んだのだ。

その箱を、このたびは彼女の息子の運転する車が、玄関先に置いて去った。封をしたガムテープは、12年前のまま。知人の言うことは真理で、12年間開けなかったなら、すなわちなくてすむものだ。箱ごと捨てる選択はある。が、いくらなんでも乱暴か。

まずは状況を把握しようと、蓋を開けると、中にはさらに紙箱が重なっている。いちばん上の蓋を取って、のけぞった。画用紙いっぱい水色のクレヨンで塗りたくったゾウの絵だ。覚えがある。灰色で描かなかったのは、幼児のとき使っていたゾウの形のおまるが水色だったからだろうと、親たちが話していた。あまりといえばあまりの、過去の不意打ち。

その下の箱の中身は蓋を取るまでもなく、わかった。私の子どもの頃すでに「昔の」写真が入っていて、家族でたまに開けては「これが亡くなった親戚の誰それ」とか聞いた。大過去に属するものだ。

さすがに全部捨てるのは、ルーツを断ち切るようでマズイ気がする。象徴的なものだけ残すのが穏当だ。しかしその選別に時間と心的エネルギーを要しそう。一生分の思い出と向き合う作業となり、現在への集中がかき乱される。

とりあえず蓋を閉めた。またしばらく「開かずの箱」になりそうだ。

少し前までふつうだった

　夕食後、次のトイレットペーパーを取り付けようと収納棚を開けたら、そこにあるのが最後の1本。しまった、もっと早く補充しておくのだった。

　夜も開いているスーパーへ行けば、「売り切れました」の貼り紙が入口ドアに。日用品を少し置いてある酒店へ足をのばすも、同様だ。空の棚の画像がネットに上がっていたけれど、そうした社会現象が身近の、こんな小さな店まで。

　自転車が来て止まり、下りたのはジムのレッスンでよく会う女性。貼り紙に「あー、ここもか」。子どもが休校、夫がテレワークで家のトイレを使うためか、思いのほか減りが速く買い足しに出て、3軒回ったという。

　東日本大震災でも、似たようなことがあった。あのときは工場や倉庫の被災、流通の寸断などが要因だったが、今回はなぜ。彼女によると、マスクと同じ紙類なので品薄になるとの誤情報が流れたと。

　どきっとする。介護をしていた頃なら、紙オムツなしの排泄ケアは考えられず、「ふだんより多めに買っておいた方がいいのかしら」と不安になったかも。

彼女がスマホで調べると、製紙会社の組合の人が、マスクとは原料が別であること、供給、在庫とも充分なことを説明していた。最後に回ったドラッグストアでも、入荷はしている、開店時に来れば並ぶが買えると、店の人に言われたそうだ。その時間、彼女は出勤で、家族の誰が並びにいくかは、帰ってから相談するという。「家族でバリ島へ旅行したときはレストランとか、紙で拭かないところも多かったし」。

私も今、無理に買おうとしなくていいな。便座の温水洗浄と乾燥がある。そもそも子どもの頃は今みたいなトイレットペーパーはなく、固い紙をもんで使っていたし、いざとなったら新聞紙でも……流すのは難しいかもしれないが。ひとりなので1ロールあれば、お腹をこわさない限り2、3週間はたぶん持つ。その頃には噂も収束していよう。

「じゃ、また」「そのうち」。手を振り別れる。レッスンが終わるといつも交わす挨拶だが、常ならぬ響きがあった。「また」があるのかわからないと、向こうもきっと笑顔の下で思っている。少し前までふつうだったことが、次々とふつうでなくなっていく。新型コロナの社会への影響が出てきた２０２０年３月は、そうした不安のはじまりだった。

貴重なトイレットペーパー

トイレットペーパーの最後の１本を、惜しみつつ使っている。ふだんは残り２本くらいになったら買いにいくのを、今回はうっかりしていた。

知人が前に親の亡くなった後の家の片付けにいったら、納戸の奥に大量のトイレットペーパーがあったそうだ。変色していたので処分したが、今思えばもったいなかったと。「相当古そうだったから石油ショックのときのかも」「まさか。震災のときじゃない？」。石油ショックを思い出すあたりが、私たち世代である。１９７３年らしいから、小学生の頃。

改めて１人あたりの平均的な消費ペースを調べると、１本が１週間余りだそうだ。私のはロングタイプなので、節約ぎみに使えば２週間は持ちそう。その頃には売りきれ状態も収まっていよう。今だって供給はあるのだし。

消費の仕方は慎重になった。前は回転に勢いがつきすぎ「ちょっと長かったかな」と思っても、巻き戻すのも面倒でそのまま使っていた。今は最初から静かに引く。

きれい好きなところのある私は、切るときも先端がちぎれてしまうと、前だったら次の点線まで引き出し、やり直していた。今はそんな美観の問題で無駄にしている場合ではない。振込用紙を切り離すときみたいに、丁寧に。

用を足した後便座の裏をさっとひと拭きしていたのも、そもそもはねないように。トイレにおける動作全体が楚々としてきた。落ち着いて考えれば「ものを大事に使う」のは、基本のキではあるのだが。

日常のなにげない動作を、途中で止めたり控えたりすることが多くなった。電車の吊革やエスカレーターの手すりにつかまりかけ「あんまりさわらない方がいいのか？」と。うつる心配だけでなく、知らない内にうつす側になっているおそれもあるのが、今回の感染症のやっかいさだ。エレベーターのボタンも指の腹で押さずに、拳や肘で。そういうことばかりだと萎縮してしまいそう。

何かと気の張る外出から帰ると、キッチンの白い布巾に点々としみが。汚れではない。出かける前、洗ったものを掛けた。漂白剤で落ちない色がついているだけ。が、この時期にそんなところでケチっていても仕方ないか。掃除用に回すことにし、まっさらなものに替える。それだけで印象はかなりすっきりした。

鬱っぽくなりがちな日々。身近なところで気分転換を図っていきたい。

使いどころを考える

新型コロナの影響で、マスクの減りが早くなっている。手持ちが残り少ない私は、「使いどころ」を考えなければ。

予防効果はそれほど期待できないと言われるので、比較的空いている電車では、つけずに節約。困るのは、突然くしゃみが出そうになるとき。換気のため窓を少し開けてあることが多く、冷たい風や花粉に鼻がひくつき、こらえることも。今は私を含めて皆さん、咳やくしゃみに敏感で、ひとつ間違うとトラブルになる。いざというときは袖でおおえるよう、片手は空けておかないと。

扉の開閉による換気が少なく、長時間乗り続ける新幹線ではつける。お弁当をどうするか迷う。前は新幹線での移動中を食事タイムとしていたが、それだとマスクをつけたり外したりになる。顎マスクはかえってよくないと聞くし。

何かと神経をつかう時節である。

長時間同じ空間で過ごすといえば、会議もそうだ。この前も年上の先生を交えた３人の会議が予定されていた。

内容からして、口角泡飛ばす議論はないはず。が、私は歯並びのせいか何か、ふだんの会話でも「あっ、すみません、唾が飛んでしまいました」ということが、ままあるのだ。症状がなくても知らない間に感染していて、うつしてしまう可能性も頭に入れねば。

マスク着用が義務の職場のある一方、失礼として禁じる職場もまだあるらしい。どうかなと案じつつ会議室で待つと、先生もつけて現れた。私が着用のわけを話すと「お互い様よ」と言われ、ほっとする。

長机を4つ合わせ、ふだんなら10人くらいで囲める広さに、対角線の3点に位置取りし、最大限の距離で会話。届くようつい声を張り、マスクの内側に唾が跳ねる。だいじょうぶか？

喉だけでなく肩までも余計な力が入って疲れ「休憩しましょうか」と先生。それぞれにマスクを前へ引っ張り、ペットボトルのお茶を含んだところで、目が合い笑い出してしまった。

増産により、マスク不足はほどなく解消の見込みとのこと。うつるとかうつすとかで気をつかう状況そのものが、早く収まるよう祈っている。

ガーゼを求めて

紙マスクは7枚入りが2袋あるが、必ずしも安心できる量ではない。子どもの頃は使い捨てマスクはなく、ガーゼマスクのよれよれになったのを、洗って繰り返し使っていた。あれならば残り枚数を気にしなくてすむ。ガーゼマスクもむろん売り切れだが、ネットには手作りする方法が上がっている。ミシンは持っていないけど、家庭科の運針は得意だった。店にないなら作ってもいい。

知人に話すとそれは「パンがなければお菓子を食べればいいじゃない」と同じ発想と言われた。「今はマスクのゴムすら店にないのよ」。ええっ！　あの100円均一ショップに髪用の黒いゴムやパジャマのズボンの平ゴムとふつうに並んでいた、なんてことない白いゴムが？　半信半疑で大規模手芸店へ行く。

広いフロアに人の集まるコーナーがあり、近づけば「マスク材料」。夜7時半。勤め帰りらしい女性も混じる。職場で着用を義務づけられていたら、さぞかし困るだろう。果たしてゴムは売り切れ。代わりに白い紐が「お1人様1本限り」の貼り紙の下に。とりあえずレジかごへ。

カットガーゼも売り切れで、あるのは反物、それも白はなく、子どものパジャマにするような色、柄だ。動物や乗り物の絵が顔に来るのも妙だが、ガーゼはガーゼ、ないよりはいい。比較的おとなしい柄のを、レジかごへ。

少し離れた鏡では、女性がガーゼの反物を2種類、恥ずかしそうに顔に当てていた。その姿に共感を抱く。似合うとは言えずとも、少しでも変でないのを選びたいのは、自然なことだ。素直な気持ちの表れに接した私は、改めてレジかごへ目を移した。

この布が何十センチ必要か、レジで私は言えるのか。私はこれをほんとうに縫うのか。ほどけやすいガーゼ生地、端の始末は要るし、紐を通す部分も当然。しかもミシンでなく手縫いで。運針が得意だったのは昔の私。先日もパンツの裾のほつれの修繕を、恥ずかしながらクリーニングの有料オプションにお任せした。

「お1人様1本」についレジかごに入れてしまったが、手作りなんてしそうにない、ありのままの自分を見なければ。

反物と紐を売り場へ戻す。毎日出かけるわけではない私は、7枚×2袋＝14枚あれば当面足りる。どうしても、となったらそのときは、まつり縫いでも半返し縫いでも、本気を出してするつもり。

ストッキングを代用に

布マスクの製作には一度挫折している。手芸用品店へ行き、マスクのゴムの代用品と柄つきガーゼの反物をレジかごに入れるまでしながら「ほんとうにこれを裁断して縫うのか？」との疑念がさし、棚へ戻したと書いた。

紙マスクが残り少なくなるに及んで、再び出向くと、代用品のゴム紐も棚になく、「あるときに買っておくんだったか」。紙マスクも考えなしに捨てていたのが悔やまれる。ゴムだけでも切り離し、とっておけばよかった。

「ストッキングで代用できますよ」。会議で顔を合わせた女性。なるほど伸縮性はある。白でないのが気になるが、肌の色に同化し、かえっていいかも。そもそもガーゼが、白の無地は手に入らないのだし。「ふくらはぎあたりが特におすすめ」。ささやかれたところで会議がはじまり、機を逸した。

帰宅の電車で「ふくらはぎ」の解釈をする。ストッキングは腿より上と下で編み方が違うが、下の方がおすすめ？　にしては限定が過ぎる。もしかして輪切りにするのか。縦に裂いてゴム紐を作るのではなく、筒型の形状を生かし、大きめの輪ゴムのように。その直径が、ふくらはぎあたりは最適ということでは。

家に着いて引き出しの奥を探すと、あった。ほんの少し伝線し、思いきり悪くとってあったストッキング。モノは割と潔く処分する方だが、不徹底が今回は幸いした。

私のはふくらはぎも足首も直径に差はなく、寸胴だ。彼女が立体設計のストッキングをはいていることが、はからずも判明してしまった。

とりあえず言われたとおりふくらはぎあたりを、幅2センチほどの輪切りにする。引っ張ると両サイドの切れ目が内側に丸まり、端の始末をしないですみそう。耳にかけてみれば、肌当たりのソフトさは、さすがストッキング。すでに輪だから、結び目の玉がごろごろすることもない。

ガーゼ代わりにハンカチを試しにつける。横長に四つ折りし、片側3分の1をゴムに通して折り返し、もう片側も同じにすると、形はマスクだ。

装着すれば、予想外の安定性！　四つ折りも折り返し部もずれてこない。家にあるもので、かつひと針も縫わないで、まさかのマスクができてしまった。

ただ紙マスクに比べ、声はくぐもる。彼女が会議には紙マスクをつけてきていたのがわかる。場面に応じ使い分けていくつもり。

こんなときこそ

買い足しておきたい食品があり、自転車を駅へとこいだ。夜まだ早く、駅ビル内のスーパーは開いている。夕方は店も道も混むので、一段落するこの時間帯に買い物に出ることはよくあるのだ。

建物が見えるところまで来て、ようすが違う。シャッターが下りている？ 近づけば、たしかにそう。シャッターの上には貼り紙が。「新型コロナウイルス感染拡大防止のため、営業時間を短縮いたします」。

そういうことになっていたのか。小中高は3月2日から臨時休校、いろいろなイベントが中止されているが、影響はこんなところにも。

商店街も軒並みシャッターが下りていて、夜遅くに帰ってきたときのよう。外灯は点いているものの、ふだんは店々の灯りがいかに通りを明るく照らしているかがわかる。電気がいかに街を明るくしているかを知る。

百貨店へ回ると、そこにも同様の貼り紙が。

東日本大震災後間もない頃を思い出す。

私の住むのは、計画停電の対象地域。日によって時間帯をローテーションさせながら、毎日予定されていた。

実施は一度もされなかったが、それはあくまで結果の話。事前にはわからない。私としてはとにかくパソコンが使えるうち、仕事をできる限り進めておきたいので、前のめりでキーを打ち続ける。データの壊れるのをおそれ、実施予定の時間数分前にパソコンを切ると、ほどなくして窓越しに自治体の放送が流れてきて「本日の計画停電は中止になりました」。仕事にひと区切りつけたところだし、再びはじめる前に買い物に行っておくかと、自転車をこげば、駅ビルには「本日は閉店しました」の貼り紙。そう、店も計画停電の対象地域にあり、同じローテーションに基づいて営業時間を調整し、人繰りなどを決めている。急に中止になったところで、開けられるものではない。

　今の街全体の暗さは、あのときに似ている。駅ビル、百貨店といったほぼ年中無休のところで、シャッターが下りているインパクトは大きい。営業時間内に来られるよう一日の使い方を、コロナのため変えないといけないかも。

　新型コロナの影響で、品不足も聞こえてくる。マスク、トイレットペーパー、紙オムツ、にとどまらず缶詰、パスタ、小麦粉、米。

「さすがに米は……ウイルスと特に関係なさそうだし」

と半信半疑でいるが、現実には米にまで影響は及んでいるのだろうか。

私は正常性バイアスというか、パニックを避けたいあまり、事態を過小評価する傾向がありそう。東日本大震災の後も、翌朝、いや早い人はその日のうちにスーパーで食品を求めたようだが、思いきり出遅れた。短縮された営業時間と、自分の行くタイミングとが合わず、

「計画停電の対象外の地域のスーパーなら、通常どおりだろう」

と隣の区のスーパーへ足をのばすと、営業はしているものの、あちこちの棚が空。しばらくはお麩とかちりめんじゃことか、家にある乾物を利用したメニューが続いた。

東日本大震災のときは生産拠点や流通ラインも被災したので、品不足になるのはわかる。今回は心理的要因が大きそうだ。

ふだんは日用品のストックはそれほど持たず、少なくなったら買い足すスタイル。そのままでいいのかどうか。米くらいは次のを早めに買っておく方がいいのか。でもそうした行動が品不足を増幅させるかもしれない。

ふだんどおりの生活スタイルをどこまで貫いていいのか、迷う。変えるとした

ら、いつまでなのかもわからない。先行き不透明なのも、今回の特徴だ。なんといっても「新型」。未知のものであり、予測のつかないことが多い。

日常の何の気なしにしていた動作のひとつひとつに、心の中で「待った」をかけることがしょっちゅうだ。電車の吊革につかまりかけて、手を引っ込めるとか。人が目の前で落としたハンカチを代わりに拾おうとして「あ、今は、むやみにさわらない方が親切なのだな」とか。

外出そのものに消極的になっている。不要不急の外出は控えた方がいいともいうし。

そんな中、携帯電話が鳴った。百貨店でよく行く婦人服の店からだ。

「ブラウスが入荷しました」。

そうだった。春のまだ早い頃、店頭でカタログを見たのだ。

「今シーズンは、ブラウスのいいのが多いです。展示会に行きましたけど、ブラウス屋さんみたいでした」

とスタッフに聞き、入荷したら一報をと頼んでおいた。社会がまだ閉塞感におおわれる前、百貨店の営業時間も通常通りだった。遠い昔のようである。

仕事を除く外出はほとんどしていないが、知らせてとお願いしておいて、行かないのは悪い。

久しぶりに訪ねた第一印象は、明るい……。色とりどりのブラウスが下がっていて、まるで洗濯物をいちどに干したバルコニー。そこだけ日が射しているような。

中でも赤のブラウスが目にとまった。赤は気分が上がる色というが、意外と難しく、ひとつ間違うと顔のくすみを引き出してしまう。過去に何回も失敗した私は、赤を着ることに慎重だ。けれどもこれはだいじょうぶそう。購入して帰る。久々の赤だ。

服に最初に袖を通すのは、出かける機会を待ってのことが多い。このブラウスについては、家にいる日から早々と身につける。

東日本大震災の後、近所の生花店の主が言っていた。イベントの自粛で大きな花束の予約はキャンセルだらけだが、小さな花束は意外と売れている。通りがかりに一輪、一輪、買っていく人が絶えないと。

「こんなときこそ家の中を少しでも明るくしないとって、みなさん言われます」

似たような効用が、おしゃれにもありそうだ。

これからは「手活」

十数年ぶりに指輪を買った。通販サイトの画像にひかれて。日本でも人気の北欧の生地ブランドに、ポピーの花の絵柄があり、あの形に人造ダイヤをちりばめてある。

成熟世代の入口にいた十数年前のその頃は「これからは本物を身につけねば」と、小さなひと粒ダイヤの指輪を、頑張って買ったものだ。熟しきった今は、そうした気負いはさらさらなく、つけてハッピーになれそうなものを選ぶ。その選択が誤りだったか。

届いた商品は、画像以上のきれいさ、かわいさ。期待を裏切ったのは、つけてみた手の方だ。

しょぼくれている。個々に言えば、骨張っている、筋が出ている、くすんでいる、乾いている。反りぎみに指を伸ばせば、掃除機のホースのごとき皺が寄る。童心あるデザイン、本物以上にきらきらする人造ダイヤであるがゆえ、老けた手との対比がくっきりなのだ。

手は年齢が現れるという。私はケアしてこなかった。マニキュアやネイルをしないこともあり、ほぼ放置。

昔から節くれだってはいた。色は年々黒くなっている。自転車にも無防備で乗り、紫外線がもろに当たる。灼けるし、シミもできるし、「光老化」も進むだろう。

乾燥は感じていて、ハンドクリームをときどき塗るが、追いつかない。雑菌への抵抗力が弱い乳幼児や高齢者が家族にいる（いた）人は、しょっちゅう手を洗うのが習慣になっているだろうが、私もそうだ。調理中に食品パッケージの外側をさわれば、除菌ソープでさっと。

洗剤にふれることは多い。シンクの汚れが目につくや、クレンザーでこすり、服のしみを発見したら、ただちにそこだけつまみ洗い。突発的かつ頻繁なので、いちいちゴム手袋をしない。これでは皮脂が奪われもしよう。衣類をたたんでしまうときなど、かさつきに生地がひっかかるほどだ。

肉づきの乏しさは「盛る」わけにいかないが、せめて油を補って、アンチエイジングを図りたい。調べるとワセリンをたっぷり塗って、手袋をして寝るのがいいそうだ。使っていないゴム手袋を用いて早速、実行。

ひと晩置くと、劇的な改善はないけれど、効果はある気がする。せっかく指輪を買ったのだ。似合う手になるよう続けるつもり。「手活」のきっかけとなった点で、選択は失敗でなかったかも。

初めてずくめ

「人生で初めて、こんなによく手を洗っています」。知人の男性が語る。うがい・手洗いをするようにとは、小学生のときから耳にたこができるほど言われていたが、「廊下を走るな」と同じでさほど守っていなかったそうだ。新型コロナの予防策と聞き、重要度がにわかに上がったと。

私は親の介護のときに、手洗いの必要を感じた。ちょっとしたことで体調を崩す。高齢になると抵抗力が落ちるというのは、ほんとうらしい。高齢者が風邪を引くと、いかにたいへんかも痛感。3日間安静にしていると、歩行すらおぼつかなくなる。インフルエンザにでもかかったら、それを機に寝たきりになるのでは。

ウイルスをできるだけ持ち込まない。自分にある程度、付着しているのは仕方ないとしても、親へなるべくうつさない。それには手洗いだ。

外から帰ったときはむろん、宅配便を受け取った後、郵便物やお金をさわった後、調理の前、食事の前、とにかく洗った。掌をすり合わせ、指の間も……だけでない。ちょうどテレビで医師が主人公のドラマが放映されており、その中の手洗いのシーンをまね、石鹸を泡立て指先、手の甲、手首まで。親指の付け根は、もう片方の手で握ってこする。そのかいあってか、自分もインフルエンザにかからなかった。

「手洗いで手が荒れることをはじめて知りました」とさきの男性。これについては、私は介護中より今の方が切実だ。介護していた頃より年をとり、手の油分や水分が減少しているからだろう。紙をうまくめくれず、スーパーで買ったものを薄いポリ袋に入れたくても、2枚の合わせ目がなかなか離れないほど。油分・水分が少ないため、指にくっついてきてくれないのだ。

かつてと同じ頻度で洗うと、乾燥して仕方ない。注意するようにしたのが、水の温度。家では給湯器の設定を、風呂の温度に合わせて41度にしているが、そのままでは皮脂をとりすぎるのではと。水の方へレバーを回して調節。そしてワセリンでこまめに油分を補う。

男性も妻の使っているハンドクリームをつけるようになったという。「ハンドクリームの消費量も人生初のレベルです」とさきの男性。本当に未経験のことばかり。

とりあえず手洗いの励行で、危機をなんとか乗り切っていきたい。

ハンドクリームに思うこと

洗濯をやたらしている。ゴム手袋をいちいちするのが面倒で、ついつけぬまま、濡れたものをたたいてしわ伸ばし。手にはよくない。

「同じ塗るなら、手荒れを修復する成分の入ったクリームにしたら？」。ワセリンを塗っていると書いたら、知人が自分の使っているハンドクリームを送ってきてくれた。

意外にも、私がもの心ついたときから、家にあったもの。戦後10年余り経った頃、ハンドケアといえばまだ、ワセリンで油膜を作り保護するくらいしかなかった時代、手荒れに悩む女性の声に応えてできたものと、のちに聞いた。

たしかにその頃の女性の水仕事の多さは、今の私の比ではあるまい。私の生まれた昭和36年で、洗濯機の普及率は50パーセントという。わが家に洗濯機はあったが、父のワイシャツは、母は台所で洗っていた。さっきまで炊事をしていた流しに、ワイシャツを広げ、襟首の汚れをブラシでこする姿を覚えている。のり付けまで、自分でした。流しの排水口をふさいで、のりを溶かした液を張り、ワイシャツを浸すのだ。

そんな母に手荒れを治すクリームは、救世主だったに違いない。信奉は厚く、晩年までずっと鏡台に置き、顔にも塗っていた。成人し、いろいろなスキンケア用品に親しんでいた姉と私は「ハンドクリームを顔に！　だいじょうぶ？」と案じたものだ。その他に鏡台にあったのは、化粧水の瓶とコールドクリームくらい。

73歳で亡くなったとき、棺の中の顔は、皺が少なくふっくらとして、「あんまり構いつけない方が、かえっていいのかな」と姉と話した。スキンケアの選択肢が、こんなに多様になったのは、そう昔のことではない。

母と私はたった一世代しか違わないのに、享受できたものがずいぶん違う。家電製品しかり、スキンケアしかり、教育や娯楽の機会も。機械に食器を洗わせて、美容医療やジムに通う私は、母に対しいつもどこかで後ろめたい。

母は昭和元年生まれ。娘時代は戦争で、戦後は家事労働に多くの時間を費やした。だから不幸とは思わないけれど、割に合わない人生だったかもと、気の毒に感じることはある。

私は母に少しは報いることができただろうかと、久々に再会したハンドクリームに問うている。

皮脂の不条理

外出から帰ると、必ず手を洗う。家にいても、お財布や鞄をさわるたびに。掌はいつもむず痒い。洗いすぎのせいだろうか。

感染予防のためには、洗うのを止めるわけにいかない。代わりにクリームをしょっちゅう塗るようにした。洗って拭いたら、そのつどだ。

そして寝る前、大量投下。パンにつけるバターくらいの量をたっぷりとって、手の甲から指の間までクリームまみれにする。いくらなんでも多すぎるようだが、すり込むうち、表面に残らないまでに吸収される。

「油分を欲しているのだな」と実感。もう一回同じ分量を塗りたくり、布手袋をして寝る。

即効性はある。翌朝には、家事なんてしないお姫様の手のようになっている。こんなに効くなら、顔じゅうに塗り、特大マスクですっぽり被って寝たいくらい。ただし持続性がなく、また一日手洗いを繰り返せば、再び老婆ふうの手に戻る。

それでも根気よくクリームを塗り続けるうちだんだんに、むず痒さは治まってきた。

皮脂量が減っているのを感じる。ただでさえ加齢により皮脂の分泌が下がっているところへ加え、洗いすぎで奪われるのだろう。外から油分を補って、ようやくプラスマイナスがゼロまで持っていけるようだ。

「あれも同じような原因かも」と思い当たることがある。目のふちがずっとむず痒い。冬は埃アレルギーで目が痒く、その延長でふちまでもと思っていたが、もしかして洗いすぎによる皮脂の取りすぎでは。皮脂は天然のクリームとして、肌を守るバリア機能を果たしているというし。

アイメイクは割とよくする。前はジムへもノーメイクで通っていたが、運動のときのウェアが派手になってきたのに伴い、それとの対比で顔がぼやけた印象になるとわかった。ファンデーションはどうせすぐ汗でとれてしまうので、アイラインのみ入れていく。

そのままシャワーを浴びると、黒い色が中途半端に流れるので、目の周りだけクレンジング。シャワーの後、顔にクリームをつけるが、考えてみれば目のふちは塗り残していたような。皮脂を落とすだけ落として油分を補わないという、プラスマイナスゼロ以下の状態が続いていたのかも。

当面はクレンジングを控える。そのためにアイメイクを休止。顔の印象はぼやけるが、肌の修復が優先だ。クリームは目のふちまで余さずに。

そうするうち、こちらのむず痒さも改善されてきた。

皮下脂肪は溜まる一方なのに皮脂量は落ちていく、なんとも不条理なこの現実。皮下脂肪を自動的に取り崩しバリア機能の方へ回してくれたら、どんなにかいいのだけれど。

キャンセルの判断

新型コロナの影響で、仕事の予定が変わっている。30人以上集まるものは、中止や延期。少人数の会議や出張は流動的だ。

私は判断を待つ立場。連絡が来るまでは「どうなるか」などと考えず、粛々と日々の業務を遂行すればいいものを、なんとなく落ち着かない。

近々の出張は予定どおりなら、羽田までが通勤時間帯と重なる。混雑する電車は避けられるなら避けようと、空港近くのビジネスホテルを取った。こまかい話でお恥ずかしいが、キャンセル料は5日前から発生し、日ごとに10パーセントずつ上がる。「キャンセルしようか」「でも予定どおりだったとき部屋がないと困る」。空室状況をついチェック。

別の出張は、受け入れ先の県で感染が確認されたのを理由に、前々日に中止となった。「今度行くところではまだ出ていないか」。国内の発生状況をついチェック。

いけない、こういうチェックの仕方は健康的でない。ホテルはキャンセル料がかかってもいいことに、ニュースは時間を決めて見ることにした。

会議の方は今のところ何とも言ってこないが、席の配置からして「手を伸ばせば届く距離」であり「一定時間以上続く会話」にあたる。「換気」は悪くなさそうだけど。避けるべき環境として専門家が示した条件と、頭の中でつい照らし合わせている。いけない、いけない、中止や延期になったものがあるぶん、机に向かう仕事ははかどるはずなのに。

知人からメールが来た。３人で候補日を出していた食事会につき、意中の店を予約できる時期だが、どうするかと。そう、私的な集まりは指示待ちとはいかない。自分たちで決めないと。インフルエンザやノロウイルスであれば４月末ならさすがに収束しているだろうけど、未知数なのが「新型」たるゆえん。不確実性のもと、個々人がどう判断するか。

その店は実は１月にキャンセルしている。前々から調整し予約も幸いとれたのに、大雪警報のため断念したのだった。いちど流れているので今度こそはとの思いがあるし、お詫びもしたい。席間にゆとりのある大人向けの店で３人の会ならば、問題はなさそう。が、予約した後で迷う状況になったら……。もっとも避けたいのは再度のキャンセルだという点で、３人の気持ちが一致する。

自粛ではなく楽しみの先送り。そう思うことにしよう。

できなくなること、できること

駅近くのおにぎり店へしばらくぶりに行くと、道路まで列が。前から昼どきにはレジ待ちで並んだが、かつてない長さだ。

近づいてわかった。人との間に距離がある。前ならば、スマホを操作していて列が進んだのに気づかず、「詰めて下さい」と後ろから注意されるときのような間隔を、皆がとっている。そう並ぶよう呼びかけや貼り紙の指示とかがあるのではない。ソーシャルディスタンスという言葉を、海外のニュースから聞くようになっていたが、今やこんな小さなところでも自発的に行われている。

2月末頃から新型コロナの影響で世の中が速いペースで変わってきて、いろいろな場に身を置くたびに思っていた。今日のこれが、後になって「あれが最後だったな」と振り返るものになるのかなと。人生最後なわけではない。その後できなくなり、次がいつかはわからないという意味で。

出張は3月上旬が、結果的に最後となった。都内で5、6名集まっての仕事は4月に入ってもしていたが、そのたびに交わす会話は「来週はこういうのも中止になるかも」「それで誌面が作れるのかな」。従来の作り方からは想像がつかないが、そうなったらなったで、私も含め別の方法を考えるだろう。

取引先の多くが3月末からテレワークだ。部全体、会社全体がそうなったところもある。「それで成立するなんて、これまで通勤に要していたエネルギーは何だったの」という驚きと嘆きがメールによく記されてくる。ほんと、東日本大震災のときは発生が金曜で、月曜の首都圏は計画停電初日で大混乱、それでも会社は「行くもの」と、駅にそれこそ何キロもの列ができたのに。

今も医療介護をはじめ生活を直接支える仕事の人は通わねばならず、そうでない私はじっとしているのが、彼らに対する最大限の協力なのか。

いくつかの国では、高齢者など重症化リスクを持つ人の買い物を、元気な人が引き受けるボランティアが盛んと報じられていた。スーパーの客どうしのつかみ合いの映像も入ってきていたが、利己心のみが人の本然ではない、利他心も具わっているのだ。

誰かの役に立てることは、自己効力感を回復させる。接触を控えるべき状況下、文字どおりの「手助け」は難しいが、家でできることを私も探そう。

非常時の日常

住んでいる東京は4月7日からひと月にわたり外出の自粛を要請されている。噂された都市封鎖は避けられたものの、初めての経験で、いわば「非常時の日常」を送ることになった。

家を出るのは徒歩3分のスーパーへのみ。なるべく週1回に抑えるよう求められている。人との接触を何よりも避けるべきなので、レジの列は間隔をとって並び、店員さんとの会話も控える。ひとり暮らしの私は声の出し方を忘れそうだ。

ラグビーのワールドカップ大会で、選手たちが汗まみれの体をぶつけ合い、応援する方も肩を組み唾を飛ばして国歌を斉唱していたのは2019年9月、わずか半年前のことである。あの頃来た台風に警戒を促す気象庁の人の、予言者めいた言葉遣いが印象的だった。「今は安心しているかもしれないが、接近につれ世界が変わる」。

その言葉を遅ればせながら実感している。半年前はさまざまな国から日本に集まっていたのに、いまや地球上の人々の9割以上が移動を制限されているという。

緊急事態が明日にも宣言されると報じられて思ったのは「今スーパーに行くと混んでいるな」。週明けからの休校が発表された2月末、週末の外出自粛が初めて呼びかけられた3月下旬もそうだった。「この先どうなるかわからないが、これまでと違うことが起きる」前が混む。営業も入荷もふだん通りと説明されても、長期間ストックできる食品まで買い求められる。

気持ちはわかる。私はかつて治りにくい病気を患ったとき、科学的な立証のない、その意味で合理的でない自然療法をした。未知のこと、不確実なことに対し、人は何かをする方が落ち着くのだ。

宣言の後でスーパーへ行くと、食品は拍子抜けするほどふつうにあった。東日本大震災の後は空の棚が目立ったが、生産の拠点や物流ルートが損壊されたあのときとは、背景が異なる。感染リスクをおして棚を満たしてくれる人たちには感謝の限りだ。経済活動は世界規模で縮小しているので、ゆくゆくは物資が不足するかもしれない。

私の仕事については対面を伴うものがすべて中止された。執筆はいつも通り。ジムに行く代わり、室内で運動するようになった。非常時のもとでの日常が回りはじめている。

緊急事態宣言がひと月で終わるかどうかわからない。解除されても、レジかごにはおそるおそるふれそうだ。世界は元には戻るまい。国境の壁は当分高く、個人主義はよくも悪くも後退し、労働や教育の遠隔化は進むだろうか。歴史上も感染症は社会を変えてきた。

確実にいえるのは、人と雑談し笑うといったかつて当たり前だったことが、解除の暁にはどれほど輝かしいか。そういう世界が待っている。

生活リズムを作れない

「家にいると歩かないし、ジムも行っていないので、太り方がヤバイです」。新型コロナへの対策で在宅勤務している知人からメールが来た。「楽しみが他にないから、つい食べるし」と。私も似たようなもの。

仕事と食品の買い出しを除き、外出は控えている。前々から通っていたジムは３月初めに突然閉まった。当初２週間の予定が延長され、３月まるまる休業である。２月末のレッスンで参加者のひとりが「オレ、毎日来ているのに、閉まったらどうすればいいんだよ～」と悲痛な声を出していたが、悪い予感が的中したばかりか延長にまでなり、さぞや落胆しているだろう。

私もなんだか調子が上がらない。週２、３回のペースを維持していたときは、レッスンに間に合うぎりぎりまでパソコン作業、帰宅後また続きということがしょっちゅうだった。今はジムで中断した時間を全部仕事にあてられるから、どれほどはかどるかと思えば、そうでもないのだ。ジム通いが生活のリズムを作っていた。

自宅で動画を見ながら体を動かすことも、することはする。が「家トレ」で追い込むには、かなり意志堅固でないと。きつい割に退屈なところは早送りしたり、少し疲れると「よし、今日はここまで」と勝手に切り上げたり。ジムだとレッスンの途中退出はできず、マシントレーニングも、あまりすぐに止めるとかっこ悪い気がして、とりあえず頑張る。人目というのは、だいじな要素と知った。

狭いので大きく動けないのも「家トレ」の難点。ダンスフィットネスの動画についノッてしまい、扉に手をぶつけて突き指した。

ジムにはもう1つ入っており、そちらはまだ開いている。感染が急速に拡大するかどうかを分けるとされた「瀬戸際の2週間」が過ぎた3月半ばに行ってみると、感染の起きやすいとされる条件を取り除く、涙ぐましいまでの努力がされていた。

ロッカールームを含む館内を、スタッフが除菌スプレーと紙タオルを持って循環。器具は使うたび当人のみならずスタッフも消毒。スタジオの換気扇を強にし、かつ2方向のドアを開ける。互いの距離を2メートル以上とれるよう、参加者の人数を制限。説明を伴うレッスンではインストラクターがマスクを着用。

静粛なレッスンだったが、コリはほぐれ、半月ぶりによく眠れた。しかしこちらもいつまで通っていいものか。勤め先からジムへ行くことを禁止された人もいるという。

感染への警戒、拡大防止のための社会的責任、運動不足とストレスによる免疫力低下への不安。兼ね合いをどうとるか悩む日々だ。

動かせるもの

交通系ＩＣカードをずっと使っていない。どこかへ行ってする仕事は、少なくとも5月半ばまできれいさっぱりなくなった。東日本大震災でも経験のないことである。あのときは列車の運行も変則的で、余震や原発の状況も不安だったが、「過度な自粛は被災地のためにならない。復興のためにも経済回そう！」みたいな気概があった。今は全国、全世界が自粛モードだ。

仕事の中止や延期の決まる前は落ち着かなかった。予定どおり実施できるのか？　半信半疑でも中止の連絡がない以上、あるものとして準備し、防備の仕方も考えないといけない。感染の不安に加え、目標や計画の定まらなさがストレスになっていた。

緊急事態宣言が発令されるやそれらの予定が洗ったようになくなったから、公の要請の効力はすごいものだ。まるで関係者の皆が中止のゴーサイン（妙な表現だが）を待っていたかのよう。後々の経済的な打撃がこわいが、あるかないかが定まらぬまま感染ばかり拡大していた頃のストレスからは解放された。

スケジュール帳に記された月例の予定を消しつつ「こういうのも動かせるんだ」。前年のうちに1年分の日時を決め、人、場所、資材が確保される。私にとってその日時は絶対であり、入院を要する体調不良でも、なんとかそこへ回復を間に合わせてきた。私の仕事の比ではなく、世の中の多くの人に「動かしがたい」はずだったものも動いている。税の申告・納付期限、運転免許の更新日、司法試験の実施まで。もっと大きなことで言えば、私権の自由、個人情報の保護。

感染拡大の防止と、接触リスクの監視のため、ある程度譲るとしても、終息後は速やかに是正せねば。どの段階でも守り抜かねばならないのが言論の自由……。

自分の話に戻すと、家での仕事は続けている。先日パソコンの前を離れ、プリンターに紙を入れにいって、ふと思った。「ここでなくてよくない？」。プリンターはパソコンのデスクとは別の台に載せてある。3年半前自宅を改築した際、仮住まいからとりあえず運び込み、そのまま定位置となっていた。

パソコンを少々ずらせばデスクの上に充分並ぶ。結果、台は不要となり、デスク周りは実にすっきり。もっと早くこうすればよかった！

動かす発想がなかっただけのものは、まだまだありそう。

埃の量が半端ない

「えっ、もう⁉」。自宅の床をうっすら被う、粉のような埃に驚く。昨日か一昨日掃除機をかけたばかりなのに。

埃が溜まるのに掃除が追いつかない。ふつうに家にいるだけで、こんなにも出るものかと思う量だ。空気清浄機は場所ふさぎなので置いていないが、検討すべきかも。

ネットで調べると、Ａ４の紙１枚分の面積ですむというものがある。それでいて強力らしい。説明によれば、航空機のジェットエンジンの技術を応用し、天井まで届く大風量により、部屋のすみずみまできれいにするとのこと。

私の脳裏にホラー映画のようなシーンが広がる。窓を開けていない室内で突然カーテンがはためき、本の頁が激しくめくられ、書類が舞う。あんな感じで、カーテンの襞の間、エアコンの上、家具の後ろといった、掃除機のノズルを替えないと届かないところからも、埃の玉がブラックホールに吸い込まれるように飛び出てくるのでは。「これがあれば、掃除をしなくてよくなるかも」。期待に満ちて、購入した。

届いたそれは……面積の数値でいえば、たしかにA4判1枚分に当たりそうだが、高さがある。あの、足でペダルを押して飲む冷水器くらいの存在感だ。この買い物、失敗だったか？　試しにジェットモードで運転する。

わかったこと。ホラー映画の見過ぎだった。カーテンの襞であれエアコンの上であれ、すでに降りた埃が浮き上がることはない。床の上の塵が動いて寄せ集められることも。

せっかく買った品。ともかくも使うことにし、リビング、寝室、書斎と、自分のいるところへ運んでは、通常モードでつけていた。

10日ほどして気づく。掃除機をかける頻度が激減している。2日にいちどは家じゅうにかけていたのが、髪の毛などの目についたところだけ、たまに、くらい。併せて激減したのが、目薬をさす回数である。常になんだか痒く「スギではない花粉があるのか」と思っていたが、微細な埃が空中を漂い、それに反応していたらしい。

意外な「おまけ」がついてきて、買ってよかった空気清浄機。その力の及ばぬところにひそんでいるだろう埃の玉は、いつかなんとかしなければ。

ずっと飾っていたけれど

3月末になって雛人形をしまっている。出すのも遅い。忙しさや疲れで先延ばしし、2月末にやっと。3月3日が過ぎてすぐ片付けると、数日間しか出番がないので、ひと月近くリビングのサイドボードに飾っておき、心ゆくまで眺める。「縁遠くなる」と言い伝えられるが、今さらその心配をする必要ないし。

段飾りではなくコンパクトな親王飾りだ。木目込み人形といい、衣装を型に張りつけ、布の端を型に彫った溝に埋めてあるので、着くずれせず、状態はよい。これだって買ってからもう60年近いのだ。

ずっと愛でてきたわけではない。進学で親元を離れるときは置いてきた。母はこの時期出していた気がするが、定かでない。

40代の半ばを過ぎて「そういえば、どうしたかな」。母はすでに亡く、父もゆるやかな衰えがはじまっていて、問うても「さあ？」。するといよいよ思いがつのり、行方不明ならせめて似たものを買おうかと、記憶の中の面影を頼りに、展示会まで足を運んだ。ちょうどその頃、40〜50代の女性で自分のための雛人形を購入する例が増えていると新聞で読み、「まさしくこれだな」。そうこうするうち、父のベッドの下の段ボール箱に発見し、引き取ってきたのである。

　箱には雛祭りの由来を書いた記事の切り抜きも入っていて、活字の小ささに驚く。古いインキの匂いにむせ、処分してしまったが、日付をちゃんと覚えておけばよかった。最後にしまったのは母だろう。屏風の金がはがれないよう、折りたたみ面の一枚一枚に三つ折りのちり紙を挟み、人形の顔は綿にくるんであって「そう、何をするんでも丁寧で几帳面な人だったよな」とうるっとなってしまった。

　気になるのは行く末だ。私は晩年、施設に入りたいけれど、そこまでは持っていけまい。同世代の女性にメールで聞くと「とっくに人形供養に出しました」。いわく、流し雛の風習が示すとおり、人形はそもそも自分の代わりに穢れを移して祓うものだから、手放すのは本意にかなっていると、割り切った表情だ。お寺や神社に持ち込む他、ゆうパックで送れるサービスもあるという。

「それよりも、ずっと飾っておくと、せっかく人形が引き受けてくれた穢れが戻ってきます」。ほんと⁉

　それはたいへんと、慌てて片付けはじめた次第である。

3食作って気づくこと

外食をまったくしておらず、3食を家で作る日々である。とうに故人となっている母はとにかく「刻む」人だった。台所でよくみじん切りをしていた。洋食ふうのものを作るときは特に。

カニピラフに入れる玉ネギ、シイタケ、ニンジンは、缶詰めのカニをほぐしたのに合わせて3ミリくらい。それらの点が白いお米に混じると、全体が中間色に見えたほどだ。カレーのニンジン、ジャガ芋も形を残す分を除き、みじん切りしてルウに煮溶かす。玉ネギは飴色になるまで炒めてから。そう「刻む」のには多く、「炒める」工程も伴っていた。ピラフのお米も炊く前に透き通るまで炒めていたし。調味料がなかった時代、刻んで炒めるのが洋食ふうの味を出すコツだったのかも。

20代の半ば、留学を終えて実家を訪ねた私に、何が食べたいかと母は聞いた。コロッケと答えると、「コロッケね、昔はよく作ったわね」。懐旧談に終わり、実行には至らなかった。後で気づいたが、コロッケこそは「刻む」「炒める」をはじめ、多工程を要する最たるものなのだ。玉ネギを刻み、挽肉とともに炒める。併せてベシャメルソースなるものを作る。小麦粉をバターで炒め、別の鍋で温めた牛乳を少しずつ加えてのばす。また別の鍋でジャガ芋をゆでて裏ごし。以上をすべて混ぜ合わせ、冷蔵庫でねかせた上、形を整え、小麦粉をまぶし、溶き卵とパン粉をつけて揚げる。書くだけで気が遠くなる。

「われながら無精になったわね」。リクエストを忘れてはいないと、折にふれて言いながら、私が37のときに亡くなるまで、結局いちども作ることはなかった。コロッケの催促ではないけれど、母の日にフードプロセッサーを贈ったこともある。が、遺品整理の際、台所で埃をかぶっていた。母にとっては「刻むなら、包丁の方が早い」気がしていたのだろう。

　留学から戻ったときの母と5歳しか変わらぬ年齢となった今の私は、よくわかる。頭では全工程を再現できても、体がついてこないのだ。取り入れた洗濯物を前に、たたみ方まで思い描きながら、腰を上げずにいることが、私もしょっちゅう……無精の次元が違いすぎるか。

　母ほど几帳面でない私は、さきほど書いたレシピのコロッケを作ることは一生ないだろう。記憶の中のベシャメルコロッケを味わい続けるつもりである。

鍋の入れ替え

鍋の入れ替え期にある。はじまりは無水鍋だ。蓋との隙間ができず、蒸気を閉じ込めるため、食品そのものの水分で、もしくは少量の水を入れるだけで調理できるという。

毎食のように野菜をゆでる。小さな無水鍋を買って試すと、野菜の味が逃げない上に、ゆでこぼす手間も、ゆでこぼしたざるを洗う手間もない。鍋が厚いので保温性もあり、ゆで卵なんて、水が沸騰したら火を止め蓋をして放置すればできる。パスタをゆでるのも同様だそうだ。卵を放置している間、野菜もゆでたい。パスタを折らずに鍋に入れたい。結局大中小の3サイズ揃えてしまった。

元からあった、とってのとれる鍋の大中小を、代わりに処分。21年使ったし、コーティングも相当はげていたし。

同じく21年使ったものに圧力鍋がある。無水鍋の大を上回る6リットルサイズ。無水鍋よりさらに密閉されて早く熱が通り、カレーやシチューや豚の角煮など短時間でとろけるようなやわらかさに仕上がる。でももう思い出に属するかも。年とともにこってりしたものを食べなくなった。兄、姉、姉の子どもたちと「介護同窓会」をする際けんちん汁をこしらえるのに使うくらいだが、考えてみれば彼らに最後にけんちん汁をふるまったのも2年以上前。「お互いトシだから手をかけなくていいよ」「翌日にひびくといけないし」とのことで、松花堂弁当など買ってすますようになっていた。「これももういいな」と処分。

ひと落ち着きした後、食洗機に入れられる鍋もほしいと思った。無水鍋の惜しいのは、それができないことだ。取説にそう書いてある。この先、ますます疲れやすくなり、体調を崩すことも多かろう。そのときに備え、自分で洗わなくてすむ鍋も、ひとつは持っておきたい。とってのとれる鍋のいちばん小さいサイズだけ、買おう。

残念ながらそのサイズは、セットには含まれているが、単品販売はないとわかる。ネット上のフリーマーケットで探すと幸運にも、セットを買ったけど大きい鍋しか要らないという人がいて、その人から購入した。

かくして鍋は総取っ替え。エイジングに合わせ、軽量化、小型化、省労力の方向に進んでいるが、また揺り戻しがあるかもしれない。自分の食の好みからしてご飯のおいしく炊ける土鍋あたりが、実は来そうに思っている。

自分に合うもの

圧力鍋を使わなくなっていたのは、扱いの負担のためもある。6リットル入る大きさなのだ。持ち上げて火から下ろすのも、中のものを容器へ移すのもひと苦労。傾けて底の方のものをかき出すときなど、誰かに支えてほしくなる。蓋がまた厚い。洗ってすぐとき気を抜いてひっくり返すと、重みで手首をぐいと持っていかれそうになる。

当然、保管にも場所をとる。処分したことで収納はかなりすっきり。「思い出のあるものでも潔く手放すのが、老い支度というものだわ」と達成感に似たものがあった。

しばらくして「しまった」。圧力鍋が便利なのは、煮込むときだけでなかった、蒸すときもだ。ゆでるより、圧力鍋でふかすのが断然早く、味も逃げない。根菜も、ふつうの鍋でそのつど生から火を通しては時間がかかって仕方ないが、圧力鍋でまとめて蒸しておくと、とても楽。

これまで断捨離して後悔したものはなかったが、圧力鍋に関しては「やはり、あった方がいいな」。

通販サイトで調べると、今はいろいろあるみたい。中でも小型の3リットルのものにひかれた。レビューには、圧力鍋を20年以上使ってきたが、扱いがたいへんになって買い替えたとか、高齢者にはこのサイズがいいとか「まさに私のケース！」というべき声が並んでいる。

3リットルは、前の圧力鍋の半分だ。「わざわざ買い直して、小さかった、なんてことになっては残念」「大は小を兼ねるのでは」と迷ったが、決断した。

到着し手にとって驚く。軽い。もちろんふつうの鍋よりは重く、前との比較だが「高圧に耐えるには、この厚みは仕方ないのだろう」と考えていたのが、薄くなり、特に蓋は、不用意にひっくり返すと手首をひねりそうだった前の重さが、嘘のよう。蓋についても私は「密閉するには、漬け物石みたいに上から押さえつける必要があるのだろう」とひとり合点していたのだが、何も重みでそれをしなくても、留め具でもってがっしりロックされればすむわけで。

圧力鍋全般が私には無理、なのではなかった。20年も経てば道具も変わり、多様化する。「今の自分には、この道具はもう合わない」とあきらめず、「その道具の中で、自分に合うもの」を、これからも探していこう。

断捨離のチャンス

家にいる時間が長いと収納の状況が目につくものだ。鍋の入れ替えでキッチン収納が一段落すると、クローゼットが気になってきた。家にいる今こそ断捨離のチャンス。

そういう目でクローゼット内をしげしげ見ると「もしかしてこれも？」。ワンピースが２つ、処分の候補に上がってきた。

ふだん着ではなく、いわゆるきれいめ服。色は黒とオフホワイトで、どちらも基本色である。冬服として販売されていたけれど、化繊のため季節を問わず、ほぼ通年で着られそう。形は丸首のノーカラー、ウエストで切り替え膝下までのフレアと、流行りすたりのないものだ。

定番中の定番でありながら、出番なく過ぎてしまったのは、家で動きやすい服ばかり着て、きれいめの服で行くところが、ほとんどなかったから。先送りしたレストランでの会食が、今のところ考えられる出番だ。そのときのためとっておくか。

が、試しに袖を通し鏡の前に立った瞬間、「あっ、違う……」とわかってしまった。ひとことで言えば似合わない。

定番のはずがなぜいけないのか。鏡の中の自分に、考える。それぞれ黒一色、オフホワイト一色だが地模様があり、同色の糸で花柄が織り込まれている。その花が肌や髪などの老け感に対し、かわいらしすぎるのだ。

「ストライクゾーンがどんどん狭くなっているな」と感じる。花柄の服は、夏の終わりにも断捨離した。

　そちらは花が別の色の糸で刺繍され、なおかつ大ぶり。はっきりしすぎて、顔のぼやけ感と合わなかった。小ぶりの花や地模様ならばだいじょうぶと思っていたが、アウトであった。

　こうなると、定番だからまだまだセーフと思っている服の中に、他にも処分どきのものがあるのでは。

　予感は的中してしまった。丸首のノーカラージャケット2つだ。紺とオフホワイトと色違いで購入した。

ラメ入りのツイードで、卒園式の頃セレモニースタイルとしてよく出るもの。これもきれいめ服である。ワンピース同様出番は少ないが「ここぞのとき」のためとってある。

身につけて鏡に映せば、やはり「違う……」。ラメが効きすぎ、ノーカラーの合わせ目の角がはっきりしすぎ。これまた顔のぼやけ感とひらきがある。

「もともと若い人向けのブランドだものな」。ネットに載っていた商品説明では、サイズがだいじょうぶそうだったので買ったが、年齢的には無理なのかも。ネットの商品画像で着用していたのも、娘にあたる世代のモデルさんだったし。

次に「ここぞのとき」が来たら、年齢相応のきれいめ服を調達しないと。そういう機会がたまにはあってほしいような、あると困るような、複雑な気持ちでいる。

宅配買取を利用する

宅配買取サービスをはじめて利用した。着る機会のない服を思い切って手放すことにしたが、近所のユーズドショップは、自粛のため閉まっている。フリマアプリは使ったことがなくて不安。

ネットで調べ、家にいながら買い取ってもらえるサービスがあると知った。

売りたいのは、ワンピースの黒とオフホワイト、ラメ入りツイードジャケットの紺とオフホワイト、計4点。数回しか着ていないので傷みはない上、クリーニングのタグ付き、すなわち洗ってある証拠。セレモニースタイルの需要のあるこのタイミングなら、お値段がつきやすいかも。

詳しく見ると、業者によって買取の基準はいろいろ。気をつけたいのは「2年しばり」だ。購入後2年以内のものに限るというところが少なくない。私の服はそれより古い。

でもこの基準が意味を持つのは、ハイブランドの場合では？　ショーなどで新作が華々しく発表される世界的ブランドなら、愛好者はいつの作だかひと目でわかり、型落ちを嫌う傾向があろう。対してセレモニースタイルは色も形もほぼ定番。ユーズド品で探す人は「とりあえずジャケットが要る。そんなしょっちゅう着るものじゃないから、安くすませたい」という動機からであり、状態さえよければ、いつの作かなど関係ないのでは。

ブランドそのものを厳選している業者も。ファストファッションは概してどこも受け付けないが、百貨店にふつうにあるブランドでも対象外としているところがあるらしい。

取り扱いブランドの多さをうたう業者のサイトで、私のワンピース、ジャケット、それぞれのブランドを入力したら「買取強化中」と表示された。これはラッキー。

送料は無料。ネットで申し込み、箱に入れて身分証明書の写しを同梱し、集荷を待つだけ。箱がなければ送ってもらえる。査定結果は後日メールで知らせてくる。

気になる結果は？　ワンピースが1点、１４００円。うーん、こういうものなのか。買ったときは5万円くらいしたけど。状態は良好だと思うけど。買ったとき3万円だったジャケットは、1点がなんと10円！　「ほとんどタダでよろしかったら引き取ります」と言われているような。

コロナの影響で卒園式や入学式が中止になり、セレモニースタイルの需要が下がっているのかもしれないけれど「買取強化中」なんですよね……。

「ショックを受けてフリマアプリへ行くわけよ。そっちなら自分で値段がつけられるから」。出品経験者が周囲に多い知人だ。が、フリマアプリから宅配買取に戻る人もいるそうだ。写真を撮って載せるなどの面倒や、購入者とのやり取りがストレスになって、という。

教訓その1、高く売るには苦労がつきもの。苦労を避けたければ、購入時の価格は忘れること。

査定結果に驚きはあったが、後悔はない。着ない服が家にずっとあるプレッシャーから解放された。

心に決めた。次に服を買うならば、売るときにタダになるリスクをとってでもほしいものだけにする。宅配買取への挑戦で得た、教訓その2である。

家トレに励む

緊急事態宣言で日常から失われたものに、加圧トレーニングがある。親の介護で運動の時間がとれなくなってきたとき「1回30分、週1回で筋力向上、隔週に1回で維持」と聞いてはじめ、習慣化した。

マンツーマンで行うため、前月のうちに予約する。会合や出張の日をよけ、なるべく等間隔に通うよう、スケジュールをやりくりしながら続けること9年間。予約の印の消えたスケジュール帳を前に、加圧がいかに生活のリズムの基礎になっていたかを痛感している。

加圧のジムが休業になる前の3月は、キャンセルのたび悶々とした。マンツーマンだから密集ではないし、やや密接ではあるがマスクを着けて行うし。いや、子どもたちだってしたいことをがまんしている、大人が範を示さなくてどうする、などと。

緊急事態宣言で吹っ切れる。迷いながら判断する段階では、もうないのだ。

代わりに考えたのが動画に合わせての筋トレだ。主要国に外出制限の布かれている今、世界じゅうで行われていることだろう。思い出したのは、米軍の新入隊員向けの訓練をもとにしたというエクササイズ。十数年前に大流行したのが、地球規模の家トレブームでリバイバルしているらしい。私は当時噂に聞きながら、見るのは初めてだ。

検索して出た日本語吹き替えバージョンを試したら、これが大ウケ。ビリーさんという男性指導者が、迷彩柄のブラトップを着けた女性たちを後ろに並べて登場する。かつて挑戦したことのある人は、鬼軍曹ビリー隊長として覚えているだろう。その翻訳の台詞が「鰻を食べてスタミナつけて頑張っていこうぜ！」「ヤーレン、ソーラン、はい2回ずつ！」。米軍でなぜに鰻、なぜにソーラン節と、笑ってお腹が攣ってしまった。

吹き替えなしの動画に替えてはじめると、きっつい！　テンポ速いし、レベル高いし。そもそも指導を受ける女性たちが、最初から腹筋割れている。鍛える必要ないじゃない。

このビリーさんのタフで饒舌なこと。自らも体を動かしつつ休みなくしゃべっている。飛沫を散らしまくりのところに、過去を感じた。

現在はどうしているのかしらと検索したら、同じ興味を持つ人が多いらしく、すぐに出る。60代でも各地で指導中。実は昔は失語症で、それゆえチームでする種目をあきらめ、個人での運動へ進んだとか。「ご苦労を乗り越えられたのね」と感じ入ってしまった。

エクササイズの方はついていけなかったが、困難を克服する精神を見習いたい。

コロナ太り

コロナ太りの不安を感じている人は多いのではなかろうか。私は「かなり」だ。家にこもりがちで歩かない。だのに（だから余計に？）食べる。ジムは休業。家トレは一応しているものの、体脂肪率はどんなことになっているだろう。ふだんはジムで測っていた。体重、体脂肪率、メタボの指標としてしられるBMIが測定できる。

この体脂肪率が、機械によって感知の仕方にクセがあるのか、かなり異なる。ジムの複数の店舗を利用できる会員になった一時期、発見した。前日と同じ時間帯に同じ運動をした後でも、店舗Aと店舗Bでは2パーセントもの差が。「推移をつかむには、どちらかに統一しないと」。低く出る方の機械を当然選び、週に一度は乗っていた。

最後が2月末である。それきり把握していないのは、さすがにマズイ。家にもたしか体脂肪計があったはず。

収納棚から引っ張り出し、乗ってみたが無反応だ。電池切れだと思って、替えようとすると、取り付け部のばねが錆びて、ぼろぼろ崩れてきた。どれほど長く放置していたのか。家電量販店に電話で相談すると、古い型のため修理できないそうで、新しく購入した。配送業者をはじめ物流を担う方々には、声を大にして感謝を述べたい。家から出ないで生活できるのは、日用品を玄関先まで運んでくれる人がいてこそだ。

さてその体脂肪計。正確には体組成計といい、ジムのものよりいろいろ測れる。生年月日、性別、身長を入力しておき、測定はジムと条件を揃え、家トレし入浴した後に。体重は2月末と変わらず、ほっとする。

体脂肪率が……正月太りをした私は年明けに人生最高値を記録したが、それを上回っている。この機械は高く出るクセがあるのでは？

ジムで測れない内臓脂肪は……低くはない。ＢＭＩは、体重を身長の二乗で割り算するため、長身の私は「痩せぎみ」になるが、あれは数字のマジックだったか。

筋肉量は「少」。家トレでは限界があるのかも。

焦るまい。生きていれば筋肉は取り戻せる。食べ過ぎに注意しながら、今は感染拡大防止を第一としよう。

自宅のジム化

家トレの難点のひとつが床の硬さだ。ダンスフィットネスは、前後左右に弾みをつけて動くため、膝に響く。ジムではクッションの利いたシューズを履いていたが、家だと床を傷めるので、ソックスのみ。

試しにヨガマットを敷くことに。靴の代わりに床の方にクッション性を持たせるのだ。

狙いは当たり。膝への衝撃は相当に軽減された。ずいぶん前に買ったマットだが、「いやー、こんなに役に立つとはな」。

惜しむらくは小ささだ。長辺は180センチと、まあまあああるが、短辺が60センチ。夜行列車のB寝台の幅より狭い。おのずと動きは控えめになり、それでもしょっちゅう踏み外し、床との段差につまずかないかを常に気にして、ダンスに集中できない。

ある晩もパソコンで動画を見ながら思いきり悪く踊っていて、ふと「もう1枚敷けない?」。在宅時間が増えたのを機に、プリンターの置き方を変えた結果、パソコンデスクの前が広くなったと以前書いた。

巻き尺を出してきて測れば、デスクから後ろの壁まで約180センチ。ということは60×180センチのマットをもう1枚どころか、計3枚置ける。180×180なら2畳の部屋ひとつ。B寝台ひとつぶんとはたいへんな差だ。対角線を斜めに使えば、さらに長い距離を動ける。

残念ながらジムは当分行けそうにない。4月7日に始まる東京の緊急事態宣言は当初ひと月ほどとされたが、5月に入っても続いており、ジムの休業も延長に次ぐ延長だ。この際「自宅のジム化」を図ろう。床を貼り替えるわけでなく、エクサイズのとき以外巻いてしまっておけるマットでなら。

購入履歴を調べると、今のマットは6年前に買ったもので、すでに品切れ。同じ厚さの類似品を探すと、さすが家トレブームで、どれも「入荷未定」だ。運よく残っていたものをただちに2枚注文。届いた包装紙には、ヨガポーズの写真と「さまざまなヨガ姿勢参考」という謎の日本語が印刷されていたが、深く問うまい。

敷いてみると、広いわー。はみ出す心配は全然ない。が、踊るほどに2枚の間が「地割れ」してきて、裂け目に足をとられそうに。元からあるマットより、床との間が滑るようだ。

クッションの質も微妙に違う。元のはコシがあるが、こちらは全体にやわらかくて沈みすぎ、結構膝に来る感じ。踏むたび、食器洗いのスポンジでコップを磨くようにキュッキュッと鳴るというのも……。

まあ、当面これで行こう。本物のジムで踊れる日の早く来ることを願いながら。

始めたＤＩＹ

外出を控える中ＤＩＹを始める人が周囲に多い。髪を自分で切ったとか。私が必要に迫られているのは庭木の剪定。住まいはマンションの1階で、専用庭にキンモクセイの木があり、これがたいへんよく育つ。

植栽管理はマンション全体で、庭師に委託している。が、感染拡大防止のため各戸のスペースに立ち入る保守作業は、剪定を含めすべて休止。放置するうち縦にも横にも成長し、洗濯物を干すのに支障が出てきた。緑に癒されはするものの、そろそろ限界かも。

人任せだったので道具から調べないと。思い出すのは、生垣を刈る人がよく使っている薙刀のようなもの。撫でるそばから次々枝が落ちる。剪定バリカンというらしい。あれははかどるだろうけど、不慣れな身で長い刃を扱うのはちょっとこわい。高枝切り鋏が安全で確実そうだ。

ネットで探すと「非力でも切れる」と高評価のものがある。全長は1メートルとのこと。地面から肩までの高さプラス腕の長さプラス1メートルなら、上の方にも届くだろう。購入し、配送されてきたのが、気持ちよい晴れの日。早速庭へ出て、低い枝からとりかかった。

鋏は2本の長い柄の先に付いている。左右の手に1本ずつ握り、刃の間に枝をつかまえるわけだが、これが思いのほか重い。測ると1・1キロある。太い枝までよく切れて、その点は評価のとおりだが、550ミリリットル入りのペットボトルを両手に持ち、肘を伸ばしたまま開閉し続けることを想像してほしい。負荷として、切る枝からの抵抗力が加わる。ちょっとした筋トレである。たちまち腕が張ってきた。

剪定バリカンで生垣を刈る人をよく思い出せば、肩なり腰なりにベルトをしていた。腕だけでなく分散して重みを支え、かつ体ごと振って動かしていたような。

高いところがさらにきつい。地面から肩までの高さプラス腕の長さ云々は机上の計算だった。まっすぐに積み上げるならそうだけど、樹形には丸みがあって、幹の真下に立つことはできない。足は後ろへ残したまま、爪先で踏ん張り、体と腕を斜め上へ突き出す。その姿勢を保ちながら、さきの開閉運動をするつらさ。とらえたつもりの枝に逃げられ、刃が空を切ると、前のめりに倒れそうになる。1時間ほど格闘した末、上の方はついにあきらめた。

部屋に入った後も腕がふるえ、サッシの錠をうまく下ろせないほど。剪定がこんなに重労働とは。ＤＩＹでわかるありがたみだ。

上は長いまま、下は不揃いな刈り込みと、散髪を失敗した頭のようになってしまったキンモクセイ。次に庭師が来るときに整えるのをお願いしよう。

変えられない趣味

　家を居心地よく整えることに精を出している。インテリアの好みは、実は姫系。洗面所やトイレの小物をネットで探すと、ひかれる商品にはたいていその言葉がついていて「私の趣味は姫系なのか」と知った。

　トイレの壁紙は明るい水色で、トイレットペーパー収納の扉も白、トイレの操作パネルも白。その壁に何か飾るなら、白の額縁入りステンドグラスはどうだろう。洋館の踊り場などにあるステンドグラスは憧れで、まさに姫系。本来は光の透ける窓の前に置くのが望ましいが、後ろが明るい水色なら空を背景にするのに近い。

　ネットで検索すると、あった。白い木製の額の中に白の花と緑の葉が描かれ、清楚な雰囲気。大きさはトイレの操作パネルと同じくらいで、トイレの狭い空間にうってつけ。早速注文した。

　届いたそれは……うーん、イメージとちょっと違ったかも。板ガラスの切り絵ふうではなく、厚めのラップに半透明の絵の具を乗せたような。額縁は折り詰め弁当の枠ほどの軽さ。ひとことで言えば安っぽい。が、受け入れよう。ステンドグラス「ふう」であることは商品情報でちゃんと説明されていたし、千円という価格を思えば相応だ。高級感に欠けるが、愛らしいことは間違いないし。

　計画どおり飾ることにし、さて、どう固定する？　額縁裏に吊り下げ用の金具があり、壁にフックを取り付けるのが順当だ。ピンで刺すフックは家にある。でも、針の穴ほどの小ささでも、壁に傷をつけるのはイヤ。リフォーム工事で貼り替えて、まだしみひとつないのだ。

　壁に釘を打てない賃貸住宅ではどう飾るのか調べると、粘着ゴムで額縁を直接貼りつける方法が推奨されていた。跡が残らず、きれいにはがせるという。

　似たものはある。耐震用の粘着ゴム。貼り付け用のと同じく小さな四角いシート状で、電子レンジの脚と台との間に挟んでいる。

　額縁の四隅に貼り、壁によく押しつけた。

　ほどなくトイレから、パサと物音が（この音の軽さも哀しい）。額縁がもう落ちている。震度7にも耐えられるはずなのに。壁紙にかすかな凹凸のあるのが、このシートには合わないのか。

　うちにあるもので代わりになりそうなのが、両面テープ。凹凸面に接着できて、かつ、はがせる。額縁の四隅だけでは弱そうなので、上下の二辺に貼って、念入りに押しつけた。

しばらくして便座に腰掛けた角度で見ると、位置をちょっと直したい感じ。額縁に手をかけずらそうとしたが、びくともしない。

力をこめるとベリッ！　はがれたところは水色ではなく、灰色の下地。針の穴ほどの傷もつけたくなかった壁紙が、破れてしまった。

蓋をするように額縁を戻し、今日いちばんの強さで押しつける。破れ目は隠れたけれど、この額縁、一生外せないわ。まさか千円の飾り物で、壁紙をふいにしようとは。

好きだから許そう。かくなる上は姫系の趣味も、一生変わらぬことを祈るばかりだ。

家が好き、柴犬が好き

柴犬の動画にはまっている。自粛期間中たまたまネットニュースの下の方に表示され、クリックすると次から同じようなものが出るのは、ご存じのとおり。コロナで世情が不安定の折り「こういうのに癒しを覚えるってどうなの？」と思いつつ習慣になった。

オオカミの名残といえそうなシンプルな立ち耳。愛玩用に作り込まれた感じのしない体形がいい。それからすると、飼い主をパパ呼び・ママ呼びする幼児語の台詞を載せた動画は、柴犬らしさという点では疑問符がつく。ほのぼのした曲をつけてある動画は、消音で鑑賞。私の趣味は……いや、本題へ移ろう。

わが家に犬はいなかったが、認知症の進みはじめた父を散歩に連れ出すようになり、彼が実はたいへんな犬好きだと知った。向こうから来ると、親しげに、かつ懐かしげに話しかけること、飼い主が怪訝がるのではとはらはらするほど。「子どもの時代飼っていて、その頃へ昔返りしているのでは」と思った。

それが私にも遺伝していたらしい。振り返れば過去にも柴犬の写真集は愛でながら、出張があるし、集合住宅だし飼えないものと思っていた。人生でし残したことのひとつである。

かつて仕事でよくいっしょになった女性は、柴犬中心に生活を組み立てていた。住まいは、ペットホテルの近くに借りた一軒家。出張は私以上に多く、ペットホテルに預けたりシッターを雇ったりで、給料の大半が柴犬のため消えていくと。ステイホームで少し落ち着けたのでは。

久々に連絡してみると、そのときの犬は老衰で見送り「次のはもう、年齢的に飼える気がしない」。私たち世代の平均余命と犬の平均寿命を考えればまだいけそうだが、いわく、犬には保険が利かないので医療費がかかる。最期の方は貯金がどんどん減っていき、現役で働きながらも、さすがに不安になった。歩けなくなった犬を動物病院へ運ぶには、体力も要る。「自分が元気なうちでないと飼えないと思った」そうだ。

犬が健康なときも、それはそれでたいへんという。「ちょっと油断すると、家の中がとんでもないことになる」。家愛の強い私はどきっとする。好きなモリスの壁紙など貼ってよろこんでいるが「ああっ、そんなの一発でやられる」。

柴犬愛と家愛の2つながらかなえるのは欲張りだったか。動画で満足しよう。

消えてしまってほしくない

ハンカチマスクが気に入っている。もともとは窮余の策だった。

新型コロナの影響で、紙マスクが手に入らない。事態が進むにつれ、人前ではマスクをつけていないと目立つようになってしまった。布マスクなら繰り返し使えて、残り枚数の心配がなくてすむが、それを作る材料も品切れだ。

マスクのゴムは「ストッキングで代用できますよ」と知人に教わり、ゴムの方を先に製作。ゴムの性能を試すため、ガーゼ代わりにハンカチをマスクの形に折ってつけ、耳にかけてみたところ、予想外にフィットする。「これならわざわざガーゼを買わなくていいな」。

子ども時代のガーゼマスクから、マスクといえば白のイメージがあり、それとはずれる。が、ガーゼそのものが白は売り切れで、店に残っていたのは柄もの、それも男の子のパジャマにするような動物や乗り物の絵で、大人の女性としては身に着けるのがかなり不本意なものだった。

ふだん使うハンカチなら、もともと好きな柄を選んである。手作りらしき柄ものマスクをした人も見かけるようになっているし、そう変ではないはず。使い込んだハンカチだから、なおさらかもしれない。吸湿性もほどよく、ふっくら、しっとり。

実は皮膚がかぶれぎみになっていた。紙マスクが悪いとはいわない。ただ新型コロナのため、つけている時間がかつてなく長かった。乾燥しがちなエイジング肌に、ポリエチレンの不織布がこすれ続けるのは、結構つらい。「紙」マスクと呼ぶものの、使い捨てマスクの原料のほとんどはポリエチレンかポリプロピレン。トイレットペーパーは原料が異なるのに、不足するという騒ぎに、なにゆえなってしまったか……。

話を戻すと、かぶれぎみだと痒くて、つい搔きそうになる。感染予防には顔をさわらないことといわれる。無意識に手をやっては、「いけない」と引っ込めることが多かった。

ハンカチマスクにも、似たような懸念はあった。縫い止めていないので、つけているうちにあちこちずれ、しょっちゅう整え直すようでは、顔をさわってしまう点は同じだなと。

それが意外と型くずれしない。横長に四つ折りして、左右とも端から3分の1

のところまで、輪っか状のゴムに通し、それぞれを中央へ折り返しただけだが、布どうしの摩擦力で形を保てるようである。

ウイルスや花粉をどのくらい防ぐかは未知数だ。「換気扇のフィルターあるでしょう。あれを切って、ハンカチの間に挟んでいる。それだって効果はわからないけど、気は心で」。ストッキングがゴムの代用になると教えてくれた人は言う。ほんと、創意工夫の人。

紙マスクの不足が解消されたら、ハンカチマスクは世の中から消えてしまうだろうか。事態の収束後も、新潮流として残ってほしい気がする。

自慢のマスク

ハンカチをマスク代わりにしはじめてから、人の手作りマスクに目が行くようになった。小池百合子都知事のマスクは当然ウォッチ。あのかたの特徴は北欧ふうのパステルカラー、中でも白や淡いブルーが基調だ。レフ板効果があって、かつ、肌の黄ぐすみを引き出さず、顔映りのいい色を選んでいる。さすが、元キャスター、見られる仕事だっただけある。

スーパーの通路や行き帰りに、手作りマスクを着けている人がいると、すれ違う瞬時に品定め。プリーツをとってあったり、ふちに別の布をあしらっていたりすると「ん、できる」と身が引き締まる。

先日はとある人のマスクを思わず二度見した。茶色に黒で犬の口をアップリケ。「負けた」。内心のマスク対決に膝を屈する。マスクの上にのぞく瞳に「どう、ウケルでしょ？」といった媚びた光はつゆも宿さず、毅然として歩み去るのもあっぱれだった。

私のマスクはハンカチなだけに、乙女系に走っていたかも。花柄や水玉など好きではあるが、この年では人前で出しにくくしまっていたもの。マスク不足の今なら「あ、家にあるもので自衛しているのね」と承認される。この機に使わず、いつ使うと。面白系に行く手もあったか。

手作りマスクを検索すると、出てくる、出てくる。お化けや髑髏といった怖い系。迷彩柄や豹柄などのちょい悪系。夜露死苦のような暴走族の隠語？と思ったのは、般若心経のハンカチだった。歌舞伎の隈取りや、江戸の「かまわぬ」手拭いも。こういうのって観光地などでノリで買って、割と使わないのよね。

皆さん、家にあった変柄の布をここぞとばかりに放出し、奇抜さを競い合っている感がある。マスク材料を買いにいき「白のガーゼはないの？　せめて無地は？　動物や乗り物の柄なんて男の子のパジャマみたい」と意気消沈したのが、損したような。乙女系でもレースをふんだんにあしらい、中央を盛り上げた「どう見てもブラジャー」なマスクも。私のは大人しすぎだ。

製作中の「勝負マスク」は小花柄のシャツワンピースと共布のもの。セミオーダーで仕立てたときに余った布を、ハンカチ大に切った。相変わらず乙女系で柄も大人しいが、服とお揃いなのは結構インパクトがあるのでは。

次のスーパーへはそれで行こう。

おしゃれに手作り

外出は依然、徒歩３分のスーパーのみ。あ、それと駅近くの銀行へお金を下ろしに１回行った。

駅ビルも百貨店も昼間からシャッターが下りている。早い時間なら開いていた頃から、事態は一段と進んだのだ。

立ち寄るたび会話を交わした婦人服売り場の人は、どうしているか。最後に行ったとき、

「すみません、もうひとつご紹介したかったブラウスは、まだ入荷していないんです。４月下旬になるそうなんですけど」

と言っていたものはどうなったか。たとえ出来ても売る場所がないのだ。通販サイトにもいっこうに現れないから、生産中止となったかも。

深い縁というわけではないが、行けば当たり前のようにいた人たち。ブランドにとっても苦しい時期だがなんとかしのいで、百貨店再開の折にはまたそこにいてくれればと願っている。

自分の仕事については緊急事態宣言以降、どこかへ行ってするものはなくなった。外出をしないことが自分にできる最大限の協力らしいので、かなり厳格に守っている。自宅近くの散歩は許容されているそうだから、それすらしないのは、コロナに対し意地になっている部分があるかも。

この生活になってから、マスクはハンカチの代用へと移行した。紙マスクに比べウイルスを防ぐ機能は万全でないと聞くけれど、私の今の行動パターンだと感染リスクは低そう。いまだ不足の続く紙マスクは、スーパーや宅配便の人をはじめ出勤して働く人に使ってもらうようにして。私のこの生活が成り立っているのは、その人たちの健康あってこそだ。

収入減はもちろんこわいが、マスクがいつ尽きるかという不安は、宣言以降なくなった。

宣言前、家にあるマスクが残り少なくなり、駅ビル内の手芸材料店へ行き、無地のガーゼもマスク用のゴムも品切だったときは落胆した。バスを待つ列の中に50代とおぼしき背広の人が、男物ハンカチとあきらかにわかるグレーの布に白い糸でがたがたの縫い目のあるマスクを着けているのを見て、

「この人もマスクを買えなくて苦労しているのだな。あるもので仕方なく作った

のだろうな」

と思ったものだ。

紙マスク不足の常態化により、手作りマスクは「応急措置」の段階から、定着へと進んだ感がある。スーパーという限られた空間での観測ではあるけれど、布マスクの人はあきらかに増えている。

しかもバリエーションが豊かになっている感じ。「ないなら作ろう」から「どうせ作るならおしゃれに作ろう」に発展するのは、自然な感情だろう。

この前荷物を届けてくれた佐川急便の配送員のマスクには、「おっ？」となった。制服と同じ青、白、赤の布で作られている。パッチワークか？ しげしげ見るのも遠慮されたが、かなり手が込んでいそう。少なくとも実用オンリーの域を超えている。

ヤマトでもやはり制服と同じ、緑とベージュのツートンカラーのマスクをしている男子がいた。完全にコーディネートされている。

家族が応援で作っているのではと思うほどの凝り方だ。せっかくなら黒い布でネコをアップリケしても……やり過ぎか。

いや、「家族が」と思うのは「女子は被服製作、男子は椅子製作」と実技の授業が分けられていた昭和の発想だ。編み物男子もいる時代、裁縫もふつうにできるのかも。

知人のところへ来たヤマトの配送員は、風呂敷によくある唐草模様のマスクを着けていたそうだ。おっしゃれ！　緑が制服と合うし、運ぶということの象徴性もあるような。

縫わずにすませたい私は、ずっとハンカチの一枚づかい。ゴムはストッキングを輪切りにしたものだ。横長に折ったハンカチの両端から、それぞれ3分の1あたりまでをゴムの輪に通し、互いに重なるように折り返す。

花柄や水玉で明るい色のハンカチ3枚をマスク用にし、洗っては使う。他に本来の用途のためのハンカチが3枚、計6枚。ハンカチは断捨離で6枚にし、それでもまだ多いように感じていたが、もう少しとっておけばよかった。

逆にとっておいてよかったのが、伝線したストッキング。断捨離の不徹底で残っていたのが、思いがけず役立った。

トイレットペーパー不足に際しても思ったが、ストックをあまり絞り込むのもどんなものか。モノを持ちすぎないようにしようという意識は私もあって、残り少なくなってから買いにいく習慣だったが、あれが成り立つのは「いつでも売っている」ことが前提だ。ミニマリストの人たちは今回かなり苦労したのでは。マスクの話に戻れば、縫わないなりに進化している。前は両端を折り返して完成としていたのを、

「片側の端にもう片側を収めたら、きれいなのではないか」

とか。横長にするには4つに折るのだが、単に半分を半分にしていたのを、もう少し工夫したくなる。

上下の二辺を裏側のまん中へ向け折り込んでから、同方向へさらに二つ折りすると、出来上がりのマスクの端がきれいとか。2回めの二つ折りの際表側へ折り返すと、まん中がプリーツ状になり、縦の長さの調節が利くとか。ハンカチをさわっていると手が動き、いろいろ試したくなるのだ。

かつては折り紙で、羽の動く鳥とか口を開閉する動物とか結構、複雑で立体的なものを作った。ハンカチは同じ正方形のため、そうした記憶を呼び覚ますらしい。

伝線ストッキングがマスクのゴムによかったことから、廃品利用にもめざめた。パンの袋の口を留める用についてきたワイヤー入りビニールテープとか、換気扇のフィルターペーパーの余りとか、

「これをハンカチマスクに挟んだらどうかな」

前だったら捨てていたものを、じっと眺める。

ハンカチマスクの難点は厚みかも。ウイルスを防ぐには目が粗いといわれるので、布が重なっていてはほしい。でも今ですら汗ばむ陽気の日には暑苦しくなる。そこはまた工夫で、保冷剤をポリ袋に入れて挟むなどの方策を、本格的な夏になったら考えるか。

その頃にはコロナが終息しているのが、いちばんいいのだけれど。

遺物の整理

外出自粛期間中になんとしても片を付けたかったものがある。「過去の遺物」段ボール箱。12年前親から預かり開封せず、知人のトランクルームに置いていた。トランクルームの解約で戻ってきたのは、はじめの方に書いたとおり。中身は亡き親によると、昔の写真と学校で描いた絵などの成績物だ。処分するにも選別せねば。

戻ってきたとき確かめたら、段ボール箱内に菓子折のような箱がいくつも。いちばん上のをちらと覗いて「あっ、これはやりはじめたらたいへんなことになる」とすぐさま閉めた。段ボール箱のままでは大きすぎ、菓子折を個々にクローゼットへ。５箱が写真、２箱が成績物のようだ。

執筆や俳句の整理をしつつ気になっていた。家にいる時間が多い今やらずに、いつやるか。５月末までは続くといわれた緊急事態宣言が、それより早く解ける可能性も出てきて。ぼやぼやしていると自粛期間が終わってしまう……いや、それはよろこばしいのだが。

俳句の整理が一段落し、まずは写真の箱に着手。蓋を外すとネガの袋に「東洋現像所」なる大時代な業者名と、桁数の異様に少ない電話番号が。どれほどの長さの過去と向き合うのか。心的エネルギーが思いやられる。ファミリーヒストリーをたどる苦痛もある。

12年間誰にとってもなくてすんだもの。基本的に捨てる方針で臨もう。ネガは紙焼きがあるものとして全部処分。

次いで出てきた紙焼きに爆笑した。「何、これ、心霊写真？」。人物が小さすぎる上にピンぼけ。家庭用カメラの性能が今ほどよくなく、扱う方も不慣れだったのだろう。

概して「なんでこんなのをとってあったの？」と首を傾げるものばかり。知らない人の披露宴とか、社員旅行したらしい景勝地とか。戦中の物資欠乏を知る人たち。捨てられない世代だったのだ。

やがて無駄なショットが多くなる。同じ場面で何回もシャッターを切っている。デジタルではまだなく失敗も出るが、フィルムを惜しまず使えるようになった時代。パノラマ写真にまた爆笑した。流行ったよな。でも人物も風景も中途半端で、残すには不向き。ファミリーヒストリーというより「日本人と写真の歴史」を振り返るようだ。

案ずるより産むが易く、ほんの一部を取り分け、5箱終了。脇目も振らず5時間続けて、背中が痛ーい。

残る2箱はまたにしよう。断捨離のチャンスはこれが最後ではないのだから。

自粛中にすませたい

12年間サボっていたことがある。趣味で続けている俳句のデータ化だ。提出の締切があると作ってきた。月1回から多いときで4回参加する句会、俳句番組への投稿など。ノートや句会で配られた紙が、探せばたぶん残っている。少なくとも捨ててはいないはず。

「せめてパソコンに保存するところまではしたら?」。俳句仲間からはしょっちゅう言われる。「将来句集にまとめるかもしれないんだし」。失礼ながら聞き流していた。パソコンにただ打ち込むなんて気が乗らない。他にすることがいろいろある、そもそも句集にまとめる予定はないし。

突然スイッチが入ったのは、国内外で感染が拡大の一途をたどっていた頃。「すべきことは決まっている。手洗いを徹底し、接触を減らすのみ」。行動指針はブレずにいたつもりでも、腹は定まっていなかったらしい。執筆中、スマホのニュース通知音が鳴るたび、どきっとする。通知音イコール「事態の深刻化」として、胃酸が条件反射的に分泌される回路ができてしまっている。こんなことで免疫力を落としては、コロナの思うつぼ！

思いついたのが「そうだ、こういうときこそ句の入力」。考えずにひたすら手を動かす作業は、集中しやすそう。隙間時間に進められるし。人に言わないと結局はやらないおそれがあるので、何人かに言明した。来年の還暦を機に句集をまとめる、それを目標に、まずは元になるデータを自粛期間内までに整えると。

はじめてすぐに後悔した。「とんだことを思いついてしまった」。自分の管理の悪さにのっけから打ちのめされる。ノートや紙があるにはあるが、日付もなければ順番もばらばら。参加者の人名などわずかな手がかりから製作年を推定するのに、まる1日かかった。重ねた厚みは、なんと21センチ。ほんと、人に言わなければ絶対やらなかった、ましてやコロナがなかったら。果てのない入力をしながら「もし誤操作でここまでのぶんが全部消えたら私、卒倒するな」と思った。

家にいても執筆の仕事はある。その他の業務は、対面で行うよりかえって時間のかかるものも。4月末の段階では、終わりは全然見えずにいた。

自粛期間の延長で、どうにか目処がついてくる。この中から選ぶのは後々の作業とし、とりあえずデータを揃えるところまでは。

有言不実行とならずにすんで、ほっとしている。

ウェブカメラあるある

定例の会議が4月は中止、5月はリモート方式で行われることになった。急な導入のため後追いで態勢を整えている。

リモートに決まったと、主催者から連絡が来て「承知しました」と返信したものの、わが家の古いパソコンにはカメラが付いていない。「外付けできるウェブカメラを売っていますよ」と主催者。どんなものかわからず、購入を依頼する。主催者によると、需要の急速な拡大でどこも品切れ。かろうじて予約できた通販サイトから、私へ直に送ると。

封筒で来たことにまず驚く。入っていたのは、スマホの3分の1ほどの細長い、黒のプラスチック製品。中央に、なるほどレンズらしきものがある。学習雑誌の付録のようで心もとないが、機器の小型化、軽量化がそれだけ進んでいるのだろう。後ろのクリップでパソコンの画面枠に留め、コードを挿す。

「マイクが別に要るのでは？」と思えば、カメラに内蔵されていると説明書にあった。この説明書、日本語がまったくなく中国語と英語のみ。謎メーカーであれ、とにかく買えるものを買った状況が表れているようだ。

会議に先立ち主催者と試すと、きれいに映り声も届いた。だのに会議で挨拶すると、映っているけど声が聞こえないという。なぜ？　マイクはオンにしているのに。

リモート会議でありがちな失敗を、私は事前に調べて臨んだ。マイクは発言のときオン、それ以外はオフ。紙をめくる音やお茶をすする音まで拾って、耳障りだから。カメラには下から映ってはだめ。相手には「上から目線」で威張って見える。スマホの自撮りすらしない私には、角度のことなどとても参考になったが、それどころではなかった。このままでは話に参加できない。

昔の家電は、叩くと息を吹き返すことがよくあった。試したいが精密機器には乱暴か。昔の家電はコードを抜き差しすると動き出すこともあった。試すと「あっ、聞こえるようになりました」。そういう問題？　最先端の割にアナログすぎる。

このウェブカメラはマイクのどこかに接続不良があるらしく、他のリモート会議でも同様のトラブルと復旧を繰り返した。残念ながら保証書はなし。需要が落ち着き、選べるようになったら買い直そうか。

その頃には対面での会議に戻っているかもしれない。

リモート用メイク

　オンラインで交流するのが、新型コロナで広まった。オンラインの飲み会とか趣味のレッスンをオンラインで受けるとか。

「私はないな。飲み会はもともと参加しないし、趣味のダンスフィットネスは双方向でなくてもユーチューブに上がっている動画に合わせてすればいいし」

と思っていたが、そうも行かなくなってきた。リモート会議だ。

　ウェブカメラを使うのは初めて。会議の数日前、とりまとめ役の人と接続状況を確認する。お互いに中々入れず、ようやくつながり、

「よかった！」

　パソコンの前で拍手したのも束の間。画面に映る自分の顔にショックを受ける。

「これが私？」

　自分の顔の現実は知っているつもり。月1回俳句番組の進行役をしており、そこでは多方向からカメラがとらえ、気を抜いているところの顔が突然映ったりする。好きな角度でばっちり意識したキメ顔を「自分」と思っているわけではない。

その私でも、

「オンラインだとこう見えるのか」

と愕然とする。

ひとことで言えば暗い。顔色が悪いし、あちこちに黒っぽい影がある。カメラはパソコンの上にあり、顔は画面や手元の資料を見るため下向きに。その分、目の下のたるみやほうれい線が垂れ、影を落とすようである。

打合せくらいなら、それでもいい。が、この先リモート出演が予定されている。俳句番組の制作は、緊急事態宣言中は1回休み、解除後も3密になりやすいスタジオは避け、自宅からリモートでと言われている。

この顔、なんとかした方がいいのでは。

どう調べたらいいのだろう。オンラインのメイク？　飲み会を含むとイケイケのメイクになりそう。リモート会議のメイク？

検索すると、出てくる出てくる。急なリモートワークの導入で顔映りに構っている場合ではないかとも思ったが、やはり皆さん気にするようで。

読んでいくうち、傾向と対策がつかめてくる。

まず、画面の自分にギョッとするのは私だけではないらしい。暗くなりがちなのは、オンライン一般の傾向のようだ。

対策をおおざっぱに言うと、ハイライトを効かせて明るくする。目の下のクマは影に見えるので消す。顔色は悪く映るので、赤みを足す。インスタに上げる画像なら事後の補正が効くが、ライブ中継のオンラインはそれができない。従って顔そのものに、あらかじめ補正を施すのだ。

具体的にどうメイクするか。

しなくていいことを先に書くと、ファンデーションの塗り方にはそんなに神経をつかわなくていい。オンラインの画像はあまり細かいところまで映らないので、肌のアラは目立ちにくい。しかも角度は正面からのみなので、顔のまん中近い頰、額、顎に重点的に塗り、周縁部は適当でいい。スタジオ用メイクではムラなく均一に仕上げるため、メイクさんがスポンジで点描を重ねるように入念に塗り込んでいく。それをしなくてすむのは、ありがたい。

アイメイクについては、画像がボケがちと聞けば目をハッキリさせたいのはやまやまだが、濃いめのアイシャドウは影に見え、やつれた印象になるのでかえってよくない。頑張って塗り込まず、アイラインだけをハッキリと。マスカラも、太く長くすると睫が影を落とすので不要。ビューラーで持ち上げるだけでいい、とある。

とにかく明るく、影を作らないのが鉄則のようだ。

さて肌の影の補正は？　コンシーラーがものを言う。

メイク用品になじみのない方に向けて解説すれば、ファンデーションは基本、全体に塗るが、コンシーラーは部分的に塗り、シミ、クマなどを隠す。濃さやトーンが微妙に違う肌色で、１本ずつスティックになっていたり、パレットになっていたりする。

かく言う私もこれまで面倒なため使ったことがなく、どの肌色が何用かを今から知るところだ。

目の下のクマは黒っぽいから白っぽい肌色で「中和」すればいいのだろうと、ざっくり考えていたが、オレンジがかった、むしろ濃いめの肌色をというから不思議。血色を補い、不健康感をまず取り除くそうだ。

ほうれい線には白っぽい肌色で。こちらは白浮き効果というか光効果を利用して、影を目立たなくするという。

俳句番組のリモート出演に先立って、リモート会議で実験したく、コンシーラーを買わないと。いろいろな色を試せるパレット式で、「よれにくい」との評価のあるものを選ぶ。話すとおのずと表情じわが寄る。皮膚の伸び縮みでひび割れたりよれたりが、なるべく少なくすむように。

クマには、目の下の逆三角形に近い半円の袋に、とんとんと指で叩くのがいいらしい。

ほうれい線への載せ方は、意外。ほうれい線は、これまたなじみのない方に解説すると、サザエさんの登場人物フネさんの口の両脇に、斜め縦方向の線が入っているが、あれである。コンシーラーはこれをなぞるのではなく、付属のスティックで横方向に数本、猫のヒゲのような線を引いてから、指でもってなじませるという。

鏡の前でそのとおりにしてみたが、自分の顔に落書きをしているようで、思わず笑った。おっと、いけない、しわが寄る。

コンシーラーが先かファンデーションが先かは、調べたところ両説あり、私はコンシーラーを先にして上からファンデーションを薄く塗る。

で、終わりではない。オンラインではもうひとアイテム、フェイスパウダーを用いる。コンシーラーで影隠しをした上に、さらに明るさを足すのである。白のパウダーを額、鼻筋、さきほどクマを消した目の下には特にしっかりと。これは買わずに、ドラッグストアでもらったサンプルを用いた。

これは肉眼で見ても、効果があると思った。鼻筋がすっと通る感じ。ドラッグストアで薦めてくるわけがわかる。

ただオンラインでは正面だけだからいいが、実生活では横顔も見られるわけで。鼻の中心だけ白いとキツネの仮装のようになりそう。使い慣れてからにしないと。

そしてさらなる暗さ対策。チークカラーで血色をプラス。これにもコツがある。頬骨に載せて横方向に刷く、いつもの塗り方では汚れに見えかねないそうだ。頬骨の外側に斜め縦方向に入れるのが、オンライン仕様だと。

以上すべてを行ってみたところ、会議ではたしかに明るく映っていた。

自分がいろいろ調べたせいか、何の気なしにつけたテレビで、

「あ、この人もすごく研究したな」

とわかる人がいる。タレントさんはプロのメイクがつくのだろうが、そうでない出演者だ。

明るくなるよう白のきらめきパウダーをはたきチークもしっかり入れてと、セオリー通りなのだが、赤が効きすぎていたり、顔全体が発光しているように見え

たりする。ライトとの関係がありそうだ。電球の色とか当たる向きとか。

「女優ライトがありますよ」

リモート会議のとりまとめ役の女性が教えてくれた。クリップで挟んでテーブルに取り付けるリング型のライトだそうだ。オンラインできれいに映るとの評判で、品薄が続いているから、買うなら早めがいいと。

1回のリモート出演のため、

「そこまでしなくてもいいな」

とライトなしで臨むことに。そして急転直下、スタジオの使用制限も解除となって、リモート出演そのものがなくなった。コンシーラーも結局、実験の1回のためであったか。

ウェブカメラそのものは、その後も使っている。

番組の打合せは引き続きリモートだ。初めは不慣れでもたつく場面もあったが、

それでも全体としての時間は圧倒的に少なくてすんだ。

コロナ以前は1時間足らずの打合せのために、往復2時間かけていた。それが省けるのはいかに楽かを知ってしまった今、元に戻すのは難しい。

オンラインの飲み会が広まるわけがわかる。飲んだ後、混んだ電車で帰る必要

も酔っぱらいにからまれる心配もない。終わったらすぐに寝られる。ウェブカメラを切れば、「瞬間移動」ができるのだ。

対面ならではのよさのあるのを認識しつつ、オンラインと使い分けていきたい。

巣ごもりで知ったバランス

緊急事態宣言は解かれるが、会社の命令でリモートワークを継続する人は周囲に多い。ひとりはメールに書いてきた。「申し訳ないけど、巣ごもり生活が予想外に快適で、元に戻れるかどうか」。ああっ、わかる。

仕事柄在宅できない、家族の状況で在宅が苦痛といったケースに報道で接するたび、言っていいのか迷っていたが、実は私もメールの人同様なのだ。もともと「おひとりさま気質」のため巣ごもりが性に合っていたらしい。

人嫌いではない。定例の会議がリモートで行われたときは、つながった瞬間手を振ってしまったし、対面で話したいとも感じた。他方、外に出なくてすむと楽ではある。

先日服のポケットから、スポンジ製の耳栓が転がり出てきて「これも2か月以上していないな」。移動中や帰りの電車でひそかに着け、刺激や情報を遮断していた。

新幹線の切符の購入は、パネルで座席の埋まり具合を見て、後ろもひとり客のところを選ぶ。しゃべり声を聞き続けるリスクを避けようと。そのひとり客がタッチ音高くキーを打ち通しで、がっかり。そうした変な疲れや気の張りを、この間ずっと免れていた。

「あの人も楽になっているだろうな」。いくつもの顔が思い浮かぶ。職場の椅子が合わずに、腰痛緩和クッションを何種類も買っていた人。職場の空調が合わず、膝掛けと二重ソックスで防御していた人。

在宅ワークのメリットに、通勤時間やモラハラに代表される人間関係のストレスのないことが、よく挙げられる。それら社会で共有されやすいメリットに加え、個人の体質や性癖のレベルで無理をしないですむことによる、生活の質の向上もあるのでは。

「働く上で無理は当然。がまん代も報酬に含まれる」とは考える。が、体の方は正直だ。たびたび悩まされてきためまいや後頭神経痛は、２か月間一度も起きていない。睡眠は充分とれている。

「明日出かけるから、この原稿はなんとしても今日中に終わらせないと」といったしばりがないぶん、１日あたりの生産性は落ちているが、健康状態を基準とした私のワークライフバランスは、今がベストかという気がする。

外に出る仕事が再開されれば、適応していくだろう。預金通帳の示す現実に、慌てもすると思う。他方「元に戻る」のが理想ではないことも、心に留めておきたい。

一歩踏み出す

ジムで参加していたダンスフィットネスの動画を、ユーチューブでときどき見る。海外のインストラクターはレッスン動画をよく上げている。

撮影場所はジムの他、イベント会場やストリートのことも。背景には華やかなショップ、肩を組んで楽しそうに行き交う人々。メンバーどうし指笛を吹いたりハイタッチしたり。どこの国かはわからぬが「世界じゅうの街角からこの風景は失われた、この人たちに今は笑顔はあるだろうか」と感傷的になる。

ご存じのとおりユーチューブでは再生中、関連動画が脇に並ぶ。そのひとつに目が留まった。何これ、ふつうの民家の玄関前？

セメント塗りの塀に挟まれ、後ろは青いペンキ塗りの門扉。ぽっちゃり顔をしたアジア人の夫婦と、小中学生らしき女の子が２人。揃いのＴシャツで少しはにかみ、立っている。投稿日は世界が自粛モードに入ってからだ。

踊りはお父さんがいちばん慣れている感じ。やはりレッスンによく出ていて、ジムが閉じている間家族を誘ってみたのだろうか。門の先にお向かいの屋根が見えていたり、すぐ先をトラックが通り過ぎたり、シロウトっぽさがかえって受けてか「ワォ、なんてファミリーだ！」「この一家好き」といった好意的なコメントが連なり、再生回数はなんと50万に達している！

同じ玄関前で、男の子と性別不明の幼児も加わり6人で踊る動画も。別の動画では弟夫婦ら？も加わって、ぱっと見数えきれない大家族。50万回に気をよくしてか、連日の投稿だ。張り切っているなあ、お父さん。

さかのぼってお父さんがイベント会場にて、グループの最前列で踊る動画も出てきた。娘の前と違って照れがないのか、動きはキレッキレ。数年前の投稿だと、顔は同じくぽっちゃりだが、お腹は今よりスリムである。

お父さんをウォッチするうち気がついた。もしかしてインストラクター？　自粛以降連日の投稿は実は失業状態で、家族を養うためユーチューブに活路を開こうとしているのでは。私の脳内ストーリーかもしれないが、私が過去を惜しむ間に人々はとっくに前を向いている。

緊急事態宣言が解かれても世界は元に復すのではなく、感染リスクと共に生きていく。「新しい生活様式」へお父さんにならい、私も一歩踏み出そう。

新しい常識

歩いてすぐのスーパーへ通うこと、20年余り。小規模の店で、レジは予備を含め3台、通常は2台だ。平日は待ったことがなく「こんなに空いていてだいじょうぶか。つぶれたら困るけど」と失礼ながら心配になるほどだった。

新型コロナ以降は様変わり。曜日を変え、時間帯を変えても混んでいる。通学や通勤が再開されても、元の状態に返るようすはなく。

感染防止対策を整えるのは急だった。ある日行くと、レジ周りにビニールシートが下げられて、床にはレジ待ちの列一人一人の立ち位置を示すテープが貼られている。最初のうちは慣れなくて、シートをのれんのようにめくって店員さんにものを訊く客、「停止ライン」に構わず並んでしまう客もいた。

ソーシャルディスタンスの定着につれ、そうした間違いはなくなったが、別のとまどいが生じている。ディスタンスの意識が定着したからこそ、というべきか。

狭い店内、レジ待ちの列は棚の間の通路へ延びる。その棚にある商品を取りにいくと、はっと身構える人。その人の感覚では、たぶん「近すぎる」のだ。

すれ違う際、険しい視線を向ける人。そういえば海外のスーパーに一方通行の矢印が出ているのを、ニュースで見た。近所のその店にはその旨の表示はないが、「逆走禁止」はもはや不文律なのか。

私は商品パッケージ裏の添加物や消費期限を確かめて買う習慣だが、いちど手にしたものを戻すことへの批判をネットで読み「たしかに不安や不快を感じる人はいるだろうな。入口に除菌スプレーが置いてあっても、皆が使うわけではないからな」。以来、商品にふれるときは、持参の除菌ウェットティッシュ越しに。コロナに感染するか・させないかより、スーパーでの新しい常識や人のルールに抵触しないかどうかで気を張っている。

店員さんは皆顔なじみだが、会話は控える。支払いの際もシートに近づきすぎないよう腰を引くと、後ろのレジの店員さんと尻どうしぶつかり、思わず苦笑いの目を見合わせた。

「新しい生活様式」はまだ途上だ。

非接触のルール

出かける仕事の全滅で巣ごもりすること2か月余。電車に乗る日がついに来た。都心のクリニックで定期健診、ついでに百貨店で用事をひとつ。混雑を避けて昼間にする。

ホームに各駅停車の列車が滑り込む。立っている人はほとんどいない。ドアが開いて「はー、こうなっているのか」。7人掛けの席に最大4人。1席空けのルールがみごとに出来上がっている。

ホームの反対側に、待ち合わせの急行が到着する。乗り込んで、うっ、微妙。7人掛けの席には5、6人。立っている人もちらほら。私と同じ駅から乗った人が座り、何列かはフルに埋まる。乗客の多い急行は1席空けルールの適用外とする、これまた暗黙の合意が成立しているのか。隣席に鞄をでんと置き、断固として座らせない構えの人も、中にはいる。

次の駅でドア付近がやや密になり、私も空いている席に座った。隣席の人が背広の裾を引く。来てほしくなかったのですね。次の次の駅で別の列がごっそり空くと、そちらと私と交互に視線を振る。あちらへ移るべきなのですね。巣ごもりの間に世の中では新しい常識ができていそうで、気が抜けない。

百貨店のエレベーターでは、床の四隅に足形が。奥の2つは壁に面し、互いに背を向け乗るらしい。クリニックのビルではエレベーターのドアが開いていて、中で1人がスマホを操作。私と目が合うと、手を伸ばしてドアを閉めた。

次のに乗るが、これは私も迷いそう。床に足形はなく、積載重量上の定員は百貨店のエレベーターの2分の1。それでも相乗りは避けるべきか。いっそ「新しい生活様式」の定員を面積比で決め貼り出してくれた方が、気が楽なのに。

「いや」と首を振る。何でも一律な基準を求め規則や命令を待つのは、市民としての退化というべき。気詰まりでも自分たちで探らなければ。

せめて「お先に」「どうぞ」と声をかけ合うとか、微笑なり苦笑なりを交わすとかしたいところだけど、会話は控え、表情はマスクで遮られるのが今の世だ。握手ももとは武器を隠し持っていない、敵ではないと伝えるためのしぐさと聞く。言語・非言語にわたりコミュニケーションが制限されて、社会的存在である人間の根本に関わる状況かもしれない。

ルールを探る一方で、非接触型社会がもたらすものにも注意を払っていきたい。

ビニールシート、レジ袋

レジ袋の有料化が義務づけられた。石油製品の節減をめざす世界的な流れに則ったものという。効果について議論はいろいろあるようだが、できることはしたい立場だ。

実は私は前々からもらわない方。環境問題にめざめてというより、使いきれなくて。生ごみをまとめるのに利用するが、買い物のたびもらっては使う方が追いつかず、たまっていく。コンビニでは速攻で入れられてしまうことが多いが、私の利用目的には小さすぎ、捨てるはめに。いかにももったいない。

一部スーパーでは数年ほど前、実質的に有料化された。レジ袋を断ると2円から5円値引きされるのだ。辞退派の私にはうれしい措置だった。辞退へのはずみがつくし、レジで「袋、結構です」「え?」などといったやりとりがなくなり、スムーズに。

1回あたり2円や5円だと、エコバッグを買ってもモトがとれないとの声も聞く。それに対しては、丈夫なものを選べば「とれる」と答えたい。

私のエコバッグは22年前、買い物した先で販売されていたもので、なんと３５００円。「高い！」と憤慨したが、耐久性は見上げたものだ。重いものを買って手がちぎれそうでも、縫い目はいまだびくともせず。コロナ後は使うたびに洗い、さすがにロゴが薄れてきたが、22年間に買い物した回数で割れば、お釣りが来るだろう。

原則は辞退し、生ごみをまとめるのに必要になったら、もらうようにしていた。ためにこのたびの有料化もさほど影響はないものと、平然と迎えたのである。で、実際は。

暑い夜、仕事帰りにふとコンビニへ寄り、氷菓を買う。あ、袋はないのか。支払いの間にも、カップの外側にはみるみる水滴が。鞄に入れたら書類が濡れる。手で持って歩くと溶ける。

「すみません、袋を下さい」。エコバッグを持っていても、そのまま入れるのがためらわれることも。焼きたてのバゲットを買い、紙袋には入れてくれるが、先がとび出ている。エコバッグ内で他の商品と直接すれ合うのはどんなものか。

自分のポリ袋への依存度を感じる。もらわないことを貫くには、レジ袋に準ずるポリ袋を常に持っていないとだめかも。

有料化は奇しくもコロナのまっただ中。ビニールシートによりお互いの守られたレジで、ポリ袋なしの商品を受け取りつつ、石油製品と私たちの現状を思うのだった。

体組成計の習慣

体組成計に乗るのが、習慣になっている。コロナでジムが休みになったのを機に購入した。体重の他、脂肪や筋肉、骨の量、基礎代謝、体内年齢まで測れる。脂肪なんてどうやって？ と思うが、脂肪は電気を通しにくいため、体に微弱な電気を流し、その抵抗から推定するそうだ。体内年齢は体組成と基礎代謝をもとに、メーカー独自の方法で算出するという。現在の日付、生年月日、性別、身長を入力したら設定完了。

自宅での運動は夜にするのが常である。かいた汗を風呂で流しさっぱりしたところで「さあ、何キロになったかな」。

期待に反し、表示される数値が「今日は運動を頑張った」という達成感と、合わないことが結構多い。意外と減らない……どころか増えているときも。「昼に揚げ物を食べたせいかも。油は少量でも高カロリーというし」。説明のつく理由を探す。

なるべく正確につかむべく、身に着けるものを一定に。測定をはじめたときが長袖のTシャツだったので、季節が進んでも同じものを、わざわざ手に持ち乗っていた。

ある朝起きてすぐ、何の気なしに乗って驚く。見たことのない低体重。昨晩から1・5キロも落ちている。ただ寝ていただけで。自らを叱咤し運動に励むのと正反対の、楽な時間を過ごした後が、なぜ⁉

調べると起床時の体重がもっとも軽いのは、一般的なことらしい。飲食物を取り込まない時間が一日のうちもっとも長く続くし、寝汗をかいて水分が減るためだと。

うなずける。私は夜中にいっぺんはトイレに行き、そこでも減るのでなおさらだろう。

朝と夜で1キロ違うのはざらだという。何百グラム単位の変動に一喜一憂していたのが、無意味な気がしてくる。

寝ているだけで痩せられるなんて、これほどうまい話はないようだが、朝も測ることをしばらく続けてみて、わかった。体重だけが落ちることはなく、筋肉量も必ず落ちる。脂肪に率先して落ちる印象だ。30歳を過ぎると一日寝て過ごすだけで、筋肉の0・5パーセントを失うと聞くが、そのミニチュア版のようなことを、毎晩の睡眠で繰り返しているのだろうか。

ついでに調べたところでは、運動の成果は今日して今日出るわけではなく、数か月後という。「さっきあれだけ汗をかいたのに、これだけしか減らないの？」となるのは充分あること。自分のしてきた一喜一憂がますます見当外れに思えてくる。

そしてある日、体内年齢が突然1歳上がった。ショック。半年近く、他の数字は上下しても、これだけはずっと同じに保ってきたのに。

もしかして日付の問題？　たしかに今日でひとつ年をとった。体の中身に関係なく、というより筋肉量や基礎代謝は昨日に比べむしろいいのに、誕生日が来たからといって自動的に「1歳老けた」と判断されてしまうとは、努力が報われない感じ。

めげずにモチベーションを取り戻そう。

スポーツジム様変わり

ジムに再び通いはじめている。われながら意外な展開だ。実は休会の方向で考えていた。

営業再開のお知らせによれば、ディスタンス確保のため全レッスンが定員制となる。ウェブ予約が可能なものと、整理券のみのものと。レッスンの後にはスタジオの換気と除菌をするため、レッスン時間は30分ないし45分に短縮。

感染防止策の徹底はありがたい。が、行っても満員で入れない可能性があるわけで。ウェブ予約のできるものならそれはないが、前々からスケジュールを合わせ、たった30分では物足りない。館内では常時マスク着用というのも、必要ではあるけれど「そこまでしてジム？」とためらう。当面は家トレでいいか。

休会手続きの月ごとの期限は過ぎてしまったので、とにかく一度覗いてみることに。コロナ前にも出ていたダンスレッスンに参加する。

そうしたらはまった。自宅にトレーニングスペースとして2畳分のヨガマットを敷き「広いわー」と感動していた私だが、ほんもののジムは当然ながらずっと

60代、変えていいコト、変えたくないモノ

岸本葉子

鍋が重たい、本の字が読めない、SNS詐欺、通信トラブル、不測の事態が起こっても、ぶれない心で乗り切ろう。人生後半を素敵に生きるための応援エッセイ。

●814円

あとは「司直」の判断に委ねます 私設秘書 真野正司

阿桜世記

書き下ろし

与党が恐れる「国会のトマホーク」荒岩議員が新幹線で死亡。不幸な事故か、暗殺か？ 荒岩の遺志を継いだ私設秘書・真野正司が真相に迫る！

●924円

法王の牙 病院サスペンス集

黒岩重吾／日下三蔵 編

文庫オリジナル

黒岩重吾初期作品の真骨頂、「病院」「医療」を背景にしたサスペンス集。戦後社会の底辺から、権力欲、愛憎、嫉妬、人間の業を描き出す。著者生誕百年記念。

●990円

不連続殺人事件 附・安吾探偵とそのライヴァルたち

[redacted]

日本の本格ミステリ史上屈指の名作と、その誕生背景にあった戦時下の「犯人当て」ゲーム。小説とモデル人物たちの回想録を初めて一冊に。〈解説〉野崎六助

●1320円

広い。自宅では壁で突き指しないか、照明を壊さないかと、いかに抑制していたかが、スタジオに来てよくわかった。

床には立ち位置を示すテープ。これは前からほしかった。人にぶつかるのをおそれる私は、最後列か左右の端に立つようにしているが、私と壁との間にさらに入ってくる人がいて「そこは無理でしょう」と思うことが正直あった。混むと微妙な心理になるのだ。今20名までのレッスンは、コロナ前の定員55名。そのときが詰め込みすぎ！　のびのびと動けるし、先生の動きも見やすいし。満足度は今の方が高いくらいだ。

　レッスン時間は物足りなくなかった。実際に運動してみてわかった。マスクを着けてだと30分で苦しい、45分すれば充分。1時間のレッスンが仮にあっても無理。

　除菌スプレーは出入口のみならず至るところに置いてあり、ものに触れる前後には皆さん使う。手指消毒はスーパーよりも励行されている印象だ。

　かくして休会は止め、通っている。久々のジム。張り切りすぎて怪我しないよう気をつけつつ。

それでも運動

マスク生活も長くなり、着用の指針は少しずつ変わっている。熱中症のリスクが出てきてからは、屋外で人との距離が充分とれるなら外してよいとされるようになった。ジョギング中も飛沫が拡散しやすいので着用をと言われていたが、屋外の運動時のマスクは推奨しないと、専門家が述べた。

一貫して着用を求められるのが屋内での運動だ。

ジムが再開された6月、はじめてマスクで運動し、暑さに驚いた。運動強度は下げているのに、顔が見たこともないほど真っ赤になる。

「かっこいいスポーツマスクも試したけど、いちばん涼しいのはこれ」と紙マスクを指す男性。私がしていたガーゼマスクは布の間に熱がこもりやすいのか。

残念ながら紙マスクにかぶれる私。折しも夏に向け涼しいマスクがいろいろ売り出され、うちひとつを買ってみた。生地は氷枕のゴム袋を薄くしたよう。接触冷感をうたうだけあり、つけた瞬間ひんやりする。

が、意外な難点が。運動中息を吸おうとすると、ぴたりとはりつき鼻の穴を塞いでしまう。熱中症以前に酸欠になるおそれを感じた。

次に試したのがウレタンマスク。こちらの生地はスポンジを薄くしたようだ。スポンジより小さな目に見えない穴があるのか、今までの2つに比べ息はしやすい。が、湿ると苦しくなってくる。

「これは楽よー」。同じレッスンの女性がすすめるのは、マスクの内側に入れ生地を支える枠である。◎に十字をかけたような形で、プラスチックなのか硬そうだ。

買ってみるとシリコン製で、見た目よりは軟らかい。つけるとなるほど、生地と鼻の穴の間に風の通り道は確保される。が、シリコンの吸いついている肌が蒸れ、汗びっしょりに。

「これは涼しい。今までの中でいちばん」。同じ女性が次につけてきて絶賛したのがメッシュマスクだ。「なんたって通気性が抜群！」。バスケットのタンクトップに使われる、網のような生地である。たしかに涼しげ。でも通気性のいいマスクって意味があるのか……。

運動をしようとする限り、試行錯誤は続きそうだ。

全レッスン予約制

再開したジムが様変わりしたと以前書いた。レッスンはウェブ予約または整理券制、定員はコロナ前の半分足らず。

当初はそれでも定員に満たなかった。ディスタンス確保のため印をした立ち位置が、いくつも空いたまま。

再開前の時期、テレビのニュースによくジムが映り、マシンを清掃中の店長が「お客様が戻ってきて下さるかどうか」とコメントしていた。その不安は残念ながら的中しているようだ。「新しい生活様式」の例に、筋トレやヨガは自宅でと、政府の専門家会議が示したのも、ジムにはつらいところだろう。

それがみるみる混んできた。ウェブ予約のサイトを覗けば、満員がいくつも。私の参加するレッスンは整理券だが、そちらも獲得が難しくなる。

配布はレッスンの25分前から。その時間に到着すると、すでに来ている人で定員オーバー。30分前、40分前でも入れない。45分のレッスンのためにそれ以上待つのは、時間がもったいなさすぎる。「資料を読む仕事なら、向こうで立ってするのも同じ」と資料持参で1時間前に行ったら、それでもギリギリだった。

ついに8月から全レッスンがウェブ予約に。やむを得まい。整理券待ちがいちばん密なのだ。密を避けるため25分より前は並べない決まりだが、すでに有名無実化していた。25分前でダメなら、もう5分早く、もう10分……と皆が考え、列は作らずともその場に溜まる。

配布がはじまると、自分より先に来ていた人の後ろへ回るが、気づかない、もしくは気づかないフリの人が順番破り。小競り合いが起きたり、適切な案内なり確認なりをせよとジムのスタッフに詰め寄ったり、騒然となる。

人々がかくも体を動かす場を求め、レッスンの一体感を欲するとは、ジムも読み誤っていたようだ。それに応じた対策を打ち出せず「まだ並ばないで下さい……」とつぶやくように繰り返すのみ。人心に合わない制度は崩壊するのを目の当たりにした。

あんなに殺伐とするなら行くのを止めようかと思ったところへ、ウェブ予約の知らせ。しかしそれも競争は熾烈そうだ。予約の解禁は、毎週定まった日時。瞬時に埋まりそうで、指の遅い私はとれる気がしない。

「新しい生活様式」下のジムのあり方のひとつだろうか。慣れなければ。

多難なテレワーク

知人が定年を迎え、仕事をそのまま委託で続けることになった。会社員時代の最後の方は、コロナの影響で在宅勤務していたので、することはそう変わらないはず。

パソコンだけ変わる。会社支給のものは返却するので、前もって購入。引き続き連絡をとる相手にはその旨伝え、それまでのメールをすべて、個人のパソコンに移す。移行には、メーカーの出張サポートに来てもらった。

そのデータが、委託で働きはじめた初日、なぜか全部消えてしまったという。誰と何がどういう話で進んでいたか、人によっては連絡先すらわからない！　パニックになりメーカーのサポートセンターに電話したがつながらず、販売店にサポートを仰ぎ、なんとか事なきを得たけれど「焦りました。ほんと、心臓に悪い」。

初日が恐怖体験だったので、以来おっかなびっくりだ。思えば会社のパソコンは、変な動画を見たのが会社にばれ大目玉をくらった同僚もいたが、すなわち自分以外の誰かが管理しているということ。今は自分のみである。

そもそも機器にうとい。会社支給のパソコンは諸々設定済みで、知人は必要最小限の操作をおぼえるだけで使えた。これからはそうはいかず不安だという。

かつて計10日以上ネットに接続できなかった体験を持つ私には、同様の不安が常にある。コロナ以降は特に、リモート会議やそれに向けて資料を送受信しながら「今、あれが起きたらどうなるのか」としょっちゅう思った。

あのときは結局、建物の通信装置の不具合が原因。修繕の人によると、猛暑の後、あちこちのマンションで同様のトラブルが起きているそうだ。暑さにやられるとは、意外なほど原始的な理由。住宅の通信装置は、オフィスビルと比べ相当ヤワなのでは。

そして原因を突き止めるには、何社ものサポートセンターを経ねばならず、解決まで時間がかかる。テレワークの課題としてセキュリティの脆弱性が挙げられるが、知人や私が抱えているのは、それ以前の危なっかしさだ。

実は今使用中のパソコンの動作が遅くなっている。リモート会議など、古いパソコンには無理なことをさせているためか。月７０００円で初期設定済み、３６５日サポート付きのパソコンが使えるという、テレワーク支援サービスの広告に、心揺れている。

設定に悪戦苦闘

スマホをついに買い替えないといけなくなった。電池の減りが異様に速い。朝、満タンにしておいても昼には、電話の１本もかけないのに50パーセント切っている。

家電店は、コロナで閉まっている百貨店の分の客も押し寄せ３密状態と聞き、行くのを控えていたが、もう先延ばしできないかも。

思い切って出かけ、電池だけ交換したいと言うと、この機種はそれができないとのこと。ショック。本体を買い替えるとなると、メールの設定からしなければならない。私にはそこが鬼門なのである。

買い替えるなら今回が３回目の設定になる。そもそも最初ガラケーからスマホに変えたのは、パソコンに来るメールを出先でも受信したいため。購入の際も、それが可能かどうかをしつこく聞いた。

設定は簡単という。楽々操作をうたうシニア向けの機種である。

その設定を帰宅後試みたところ……できない。受信、送信それぞれのサーバー名、種類、ポート番号、パスワードなどを、パソコンのメールの契約書にあるとおりに打ち込んでいっても、どこかではじかれ、振り出しに戻ることの繰り返し。結局ウェブ関連の会社をしている人に依頼したが、その人でも1時間半にわたる格闘の末にようやっと。「すっごく複雑でした」。楽々操作の機種でそうなのか。

2度目の設定は4年前。勧誘により、別の会社のスマホに買い替えた。パソコンのメールが受けられなくなるのを何よりおそれる私は「設定をしていただけるなら」を条件に購入。通信会社より派遣の販売員が、ウェブ会社の人と同じく1時間半悪戦苦闘するさまを見て「これは自分でしようなどという気をけっして起こしてはならない」との印象をますます強めた。

3度目にあたる今回も、購入の条件として繰り返し確認。「パソコンのメールを受けたい。そのための設定を」と紙にまで書き渡したほどである。

料金プランの説明、署名、身分証明書の提示などなどで、カウンターにはりつくこと2時間半。腰に悪いハイチェアで、しかも館内放送の騒音にさらされ続け。ほとんど拷問に等しいわ。

家に帰って早速試すと、パソコンに来ているメールが届かない。あれほど念押ししたのに！

怒りと失望が、起こすはずのない気を起こさせた。スマホの画面を操作し「設定」の中の「他のアカウントの追加」という項目を、当て推量で押して、問われるままに入力するうち、メールの着信音が。えっ、できている。

過去の2度詳しい人があれだけ手こずっていたのは何だったの。この間スマホが進化して、より簡単に設定できるようになっていたのか。

できないと思い込んでいたことができた。これでもう次の買い替えはこわくない？

接続できない

パソコンの動作がいよいよ遅くなってきた。因果関係は定かならぬも時期的には、リモート会議のソフトを３種入れてから。15年近く使っているデスクトップである。人に話すと「それは石を運ぶよう作った道具に、岩を載せているようなもの」。たしかに、ネットでこういろいろなことをしようとは、当時は想定外だろう。ウェブカメラすら付いていないのだから。

サブで用いているノートパソコンも、10年近く前のもの。こちらはボディががたついて、ガムテープで留めている危うさだ。ともに買い替えどきだろう。

購入せずレンタルで行くことも考えた。前にふれたテレワーク支援のサービスだ。月７千円で初期設定済み、365日サポート付き。ＩＴ弱者の私がもっともつらいのは、自分で解決できないトラブルが起きたとき、業者どうしの原因の切り分けの狭間に置き去りにされること。昨年のネット接続トラブルで骨身にしみた。サポート付きレンタルなら、ワンストップでの対応が期待できる。

が、１年で８万４千円、10年で、と計算するとひるむ。10年、15年と働き続けるなら、やはり買おう。

まずはサブのノートの方を買い替え、慣れてからデスクトップもそれに続こう。初心者やシニアがユーザー層と聞くメーカーのを購入した。

初期設定をメーカーのサポートに依頼しなかったのが、ミスだったかもしれない。スマホの買い替えにおける成功体験が、その気にさせた。接続可能なネットワークに、わが家の無線ルーターの機器名が表示され、求められたセキュリティキーを「あー、このルーターに貼ってあるシールの英数字を入れればいいわけね」。で、スマホはできたのだ。パソコンの初期設定はしたことがないけれど、ここらでひとつ挑戦しよう。

ところが……どうしても接続できない。セキュリティキーの小さな文字を、老眼鏡と虫眼鏡の二枚重ねで確かめ、果てはスマホで撮影し拡大して見て入力しても、はじかれる。こんなに難しいもの⁉

世の中全体として60代半ば以降も働き続ける方向にある。年齢的に私同様、キャリアの途中からＩＴが入ってきた人々だ。フリーランスなら個人のパソコンを使うだろうが、皆さんここを自力で乗り越えているのか。

メーカーの電話サポートを予約した。

メーカー対個人ユーザー

新しく買ったパソコンがネットに接続できず、メーカーの電話サポートを予約した。「予約」したわけは、ふつうにかけると、つながるまでおそろしく待つので。さきにマウスの初期不良があり、電話して替えてもらったが、そのときは約1時間、呼び出し音が鳴り続けていた。

予約した電話が来て、言われるままに操作すること1時間。無線ルーターの問題と思われるので、メーカーへ問い合わせてと。そちらのサポートセンターは割合すぐ出て、1時間半かけて調べたが、問題はみつからず。よくよくネットに呪われている？ 再びパソコンのメーカーへ電話し、受話器を耳につけつつ操作。再起動を指示され「再起動できたらまたかけて下さい」と切られた。

そのたびに何十分待ったかは、読むだけで嫌になるだろうから詳しくは述べまい（述べているのと同じか）。呼び出し音が鳴っている間はいつつながるかわからないので、食事をとるはおろかトイレへもおちおち行けず。数分に1回挟まる「ちょっとしたトラブルは弊社ＨＰを……」というアナウンスに「ちょっとした、ではないんですけど」「そのHPに接続できないんですけど」。つい反応してしまっては無駄に疲れていた。

1日つぶして原因はわからずじまい。もうお祓いをするしか……。電話サポートに限界を感じ、メーカーの出張サポートを予約した。

家の通信環境と併せて点検した結果、やはりパソコンの問題とのこと。電話番号を案内される。つながった先でマウスのとき同様交換を依頼すると、それはできない、あくまでも不良箇所の修繕のみという。

引取と修繕にかかる料金を説明しはじめるので、さすがに「それは承服しかねます」。むしろ返品したいと粘るうち「あ、では今回だけ特別に無償にします」。特別ではなく単に、登録情報の保証期間を確認していなかったのでは。

それにしても……服に喩えれば、店でサンプルを見て買った↓配送されてきた商品のベルトが壊れていた↓ベルトだけ交換された↓着用しようとすると今度はファスナーが壊れている、商品を交換してほしい↓交換も返品も不可、ファスナーの修繕のみ応じる。そんなことってあり?

物作りもサービスも定評のある日本で、完品を買うのがこうも難しいとは。ネット云々の話でなくなってきた。

販売店に救われる

在宅ワークの効率化をめざしノートパソコンを新調して、思いのほかこじれている。「まだ続きが？」と呆れられることだろうが、局面が変わるたび違ったテーマが出てくるので、恐縮ながらもう少しだけお付き合い願いたい。

ネットに接続できなくて、メーカーの出張サポートを依頼したところ、わが家の無線ルーターに異常はなく、パソコンの問題と診断される。返品や交換は不可、修繕のみということで引き取られたのが、戻ってきた。

それまでの経緯から「直っていないのでは」という不信が私はあった。自分で接続を設定すると、こちらの原因とされ、さらにこじれそう。パソコンにはさわらずにおき、メーカーの出張サポートを再度依頼しよう。

コロナ下で人を家に入れるのは、来る方も来られる方も負担感のあることだが、メーカーとのトラブルをこれ以上拡大させないためには仕方ない。向こうにしたらふれるものすべてが不安だろうから、除菌ティッシュをあちこちに設置。飲み物もあえてコップに入れないでペットボトルのままで。

予感は的中した。やはり直っていないとのこと。一瞬つながってもすぐ切れる、修繕前と同じ症状だ。その人のスマホも、うちにある古い方のパソコンも、わが家の無線ルーターから正常に接続できている。

電話で対応を協議している。メーカーは依然無線ルーターを疑っているのが、聞いていてわかる。代わってよければ話したい。延長コードに喩えると、他の電気製品はみんなそれを経由し使えています、お宅が派遣した技術者もコードに問題はないと言いました、それでもまだコードのせいにしたがるって、どういうこと？

引き取ってまた修繕するという。「同じことの繰り返しになりますね」と技術者。彼もメーカーから請負の身で、強くは出られないのだろう。

購入からすでに1か月超。企業が一括購入したのなら、あり得ない対応だ。1か月間仕事になりませんでしたなんて、損害賠償ものである。私も古い方のパソコンでしのいでいるが、この件に費やした日数とその間できたはずの仕事を思うと、逸失利益を請求したいほど。個人ユーザーを甘くみているとしか……。

救いの手は意外なところから差し延べられた。販売店だ。個人ユーザーが直に交渉するより、販売店を通してなら、メーカーは耳を傾けるのでは。そう思い電話して状況を話すと、店として返品に応ずるという。全身脱力。はじめからこちらへ相談すればよかった！

リアル店舗がショールーム化していると言われる。私もメーカーのサイトで直販を検討した。が、今後は迷わず店で買うつもり。リスクを分散し、サポートの窓口を複数持っておくために。

サポートに求めるもの

よく使っているモノに不具合が起きた。どこに相談すればいいかわからず、途方に暮れる。そんな経験はないだろうか。

私でいえば以前転居したときのテレビがそうだった。引っ越してからＮＨＫだけがなぜか映らない。

受信料は納めてあり、転居も届け出た。ニュースと気象情報は日に数回見る習慣だ。災害など緊急時の情報を得るにも、受信できないのは不安である。

引越業者に電話すると、他のチャンネルが映るなら接続は正しいはずと言う。ＮＨＫに相談すると、受信機の設定の問題だろうと。受信機、すなわちテレビのメーカーに確認すると、設定に誤りはなく、受信環境の問題ではと。テレビのアンテナを含む建物の管理事務所に聞くと、他の住戸から受信障害の報告はなく、宅内の接続かテレビの設定のせいと。

どこも自分のところの問題ではないと言い、未解決のまま取り残される。

結局、引越業者が接続し直し、映るようになったのだが、リモコンの「ここを押せば出る」という、ごくふつうと思っていたことに、様々な業者が関係していると知った。家庭で利用する通信機器や回線が複雑化している今は、もっとだろう。

先日はノートパソコンを買い替え、似たようなことが起きた。設定を終え、ネットに接続しようとすると、つながらない。テレビのとき同様、画面上の「ここを押せば出る」はずだったのが。

パソコンのメーカーと通信機器のメーカーとの間で右往左往した末、パソコンの問題とされ、修理に出したが、依然直らず。メーカーとこれまでの経緯をふまえた相談をしたいが、電話に出るのはコールセンターの人らしく、定型の案内を繰り返すのみ。「これだったらＡＩでいいのでは」と思ってしまった。

分業もここまで進むと考えものだ。効率的ではあろうけど、状況を包括的に判断する人がいない。

万策尽きた私は、筋違いかと思いつつ、パソコンを買った店に電話し窮状を訴えた。そこで私は耳を疑った。「それはお困りですね。お宅に伺って状況を把握させていただけますか」。このひとことが聞きたかったのだ、今回もテレビのときも。みな推測でものを言うだけで、現場に来て何が起きているかを確かめようとする人は、いなかった。状況の共有。原因の特定と問題の解決はもちろんしたいが、それ以前に求めるのは、このことなのだ。

モノの不具合に限らず、さまざまな局面でいえそうである。

飲食店の今

打合せの大半はリモートだが、対面も復活してきた。人事異動や下半期の事業についての説明のある時期だ。先日は都心のティールームで。コロナ後に初めて入る飲食店である。

ときどき利用するところだが、コロナ前と様変わりしていた。座席が間引きされ、全テーブルの中央にはアクリルの仕切り板。向かい合って座ると、たしかに距離は近い。話す間はマスクでも、飲むときは外すし。

資料を広げるには不便で、アクリル板に張りつけるようにして見せられ、思わず笑った。アクリル板越しの会話なんて刑事ドラマの中の出来事のようだが、これが今の日常だ。大正時代のスペイン風邪の際のポスター画像などを、メディアでよく目にするが、この光景も将来、写真が載るのだろうか。「令和に新型コロナの流行したときは、街の飲食店でも対策が取られました」との説明付きで。

「家にこもっていた間に飲食店はこうなっていたのか」と感慨深かった。

通りに出て別れればお昼どき。午後にもう1件控えている私は、たまたまあったイタリアンの店の扉を開ける。

奥へ案内され、目を疑った。密密！　座席を間引くどころか、私の並びでは、テーブルをくっつけ6人が会食中。アクリル板は今の飲食店の標準仕様ではなかったか。まん中にピザの大皿を置き、取り分けながら賑やかに食べる、喋る。

こざっぱりした服に揃いのセキュリティカードを下げた、30代から40代とおぼしき男女である。ニュースは読んでいるらしく、コロナ談義の内容も、ＢＣＧ接種国は感染が少ないとか、あれには日本株とロシア株があってとかと詳しいが、いや、その細かな知識以前に、この状況をどう……。

耳に入る会話からして、リモートワークしていたチームが久々に顔を合わせ、皆でランチへ行こう、となったらしい。チームリーダーは誰？　危機感なさすぎ。「同じ釜の飯を食う」という発想は、昭和の上司までかと思っていたが、若い人も集まりたがるとは意外だ。「共食」は動物になく人間の特徴といわれるとおり、世代を問わぬ、原初的な欲求なのかも。

帰宅後メールした知人によると、彼女の会社でも「飲み会ができるぞ」と元気いっぱいの一群がいるそうだ。店ではアクリル板が煩わしいからと、社内の一室に飲食物を持ち込んで。緊急事態宣言の解除を「安全宣言」と勘違いしているような。

「この調子じゃ第2波は必ず来るから、在庫のある今のうちマスクを買っておくつもり」という知人のメールに納得だった。

メイク試行錯誤

マスクが買えるようになり、いまや外出時の標準装備だ。スーパーでもどこでも、来店時はマスクをするように、とある。

おかげで、というべきか、出かける支度は簡単になった。眉を引いたら、スーパーへ行くならハンカチを折りたたんだものを装着。仕事のときは紙マスクに変わるだけ。前はとりあえずファンデーションを塗っていたが、行った先でもマスクを外すことはないのだし。

あるとき仕事先のトイレで鏡に映った自分に「ん、やつれている？」。マスクから出ている肌が妙にくすんでいる。

マスクの白との対比のせいではあろうけど、これだと相手は「この人、ほんとうに体調不良なのでは」と不安になってしまうかも。

マスクといえば花粉症だった平和な時代、電車のドアの上に流れているビューティー講座のような動画に「マスク映えするメイク」といったものがあった。そのときの私はマスクでほとんど隠れるのにメイクをする発想がなかったが、鏡の件で少し研究したくなる。

ネットで調べると、いろいろある。共通の方針は明るくすること。マスクをすると顔色が悪く見えがちなのは、私の感じたとおりである。加えて表情がなくなるため、暗い印象を与えるらしい。マスクでおおわれていない部分のメイクで、その印象を払拭するのだ。

具体的には肌色補正。アイシャドウなら、ふだんであれば彫りを深くするイメージで陰影をまぶたにつけるわけだが、マスクから出ているわずかな部分を濃い色で埋めると、ますます暗くなる。パール入りのピンクなどで光効果を。

アイラインやマスカラも要注意。マスクで眼鏡が曇るのと同様、吐く息の湿気で滲み、黒いクマのようになりがち。ウォータープルーフでない限り、しない方が無難とある。

それらを総合して決めた。マスクと前髪の間に、つや感のある白のパウダーをはたく。ふだんなら白浮きしすぎるが、マスクの白と引き合いちょうどいい。それ以外のメイクは眉だけだが、印象は相当変わる。

家に帰り鏡の前でマスクを外すと、笑いそうになる。目の周りだけてかって、白いゴーグルをしているよう。こんなサルっていなかった？

ところが暑くなるとともに、人との距離が確保できるならマスクを外す方がいいと言われはじめた。熱中症の危険からだ。

たしかにハンカチマスクは運動時以外でも、相当苦しくなってきた。横長に四つ折りした上、左右を折り返すので、4×3＝12重の厚みとなる。顔に布団をかぶせているよう。紙マスクは薄いが吸水性がないため、内部が蒸れ水滴がつたうほどになる。

どちらもときどき外さないと限界だ。そのときメガネザルは恥ずかしい。

パウダーの部分使いはやめ、ファンデーションを全体に塗るか。しかしマスクに必ずやつくし、汗でどろどろに崩れそう。

マスクで迎えるはじめての夏。メイクも試行錯誤である。

素材とサイズ

マスク生活もいよいよ長くなった。春先からはじまり、梅雨も明けてついに夏だ。

マスクの代用にハンカチを折りたたんで作ったマスクをあてながら、「この厚さだと本格的な夏には暑そう。でもその頃にはさすがにコロナも収束しているのでは」と期待していたが、希望的観測にすぎた。

いったんは落ち着いたものの、再び拡大に転じて、1日の感染者数は緊急事態宣言中を超えるものになっている。

宣言中は対面での仕事はほぼなくなり、家にいた。これからはもう社会経済活動を止めないようなので、出かける機会は増えることはあっても減ることはなさそうだ。

先日は、仕事先での段取りを頭の中でシミュレーションしつつ家を出た。駅の階段下まで来ると、すれ違う人々の視線が何だか妙。驚いたような、咎めるような。

はっと気づく。マスクをしていない。考え事をしていたので、つけるのを忘れてしまった。

取りに帰っては遅刻する。駅構内にドラッグストアがあった。あそこで調達するしか……。

売っていて、ほっとした。こういうこともあり得るから、常に1枚バッグに入れておかないとなと思った。いまや、むき出しの顔で公共交通機関を利用するのは、靴をはかずに電車に乗ってしまったのに近い居心地の悪さなのだ。

対外的な顔の一部となっているマスク。春先は買おうにも店頭になく、たいへんだった。仕事先で着用していないと入れないので、1枚の紙マスクを洗って何回も使っていた。世の中でもネットで高値で転売されたり、粗悪品をつかまされたりといった問題が続出した。

「買えないなら作ろう」という発想へ、私を含む少なからぬ人が転じ、せっかくなら気に入った布でおしゃれを楽しもうと、手作りマスクがブームとなる。

そうこうするうちアパレルやスポーツ用品メーカーをはじめ異業種が、生産に乗り出し、品不足は解消。のみならず、マスクといえば使い捨ての紙マスクだったのに対して、さまざまな機能を持つ繊維のマスクが現れる。特に夏に向けて、冷感をうたうものが次々登場。

マスクは「選んで買う」というフェーズに入ったのだ。

私はハンカチマスクの後継として、素材が綿のものを探しはじめた。

ハンカチをマスクにしたのは、先述のとおり紙マスクにかぶれたからだ。「紙」と名がつくが、あれは素材が化学繊維。綿100パーセントならかぶれる心配はないかと。

「わざわざ探して買わなくてもアベノマスクが綿じゃない？」

と思われるだろう。私もそうで、届いて早速つけた。

が、暑い。ハンカチマスクと同じく生地が何重にもなり厚い。

そして小さい。もらったもの（もとは税金だが）に文句を言ってはよろしくないが、あの小ささは実用的でないのでは。

会議で発言していると、すぐずれる。アベさんはよくあれで長時間話しているなと思う。表情筋があまり動かない人なのだろうか。

私はしょっちゅう手で位置を直す。マスクをさわるのは感染防止のためにはよくないと言われるが、そうせざるを得ない。

洗うとさらに縮む。１回洗っただけで、こうも縮むとは……いけない、また文句めいてしまった、手洗いせず洗濯機に放り込んだ私が悪いとしよう。

アベノマスクに飽き足らずにいるとき、アパレルの通販サイトで綿100のに出会った。マスクを求めて訪ねたのではなく、仕事のときジャケットの中に着るブラウスを探していた。

「ここでもマスクか」

意外に思い、少し考え納得する。アパレルの中でも百貨店を主な販売チャネルとするメーカー。百貨店が２か月間閉まっていたのは、打撃だろう。特にジャケットにスカートないしパンツといったセレモニースタイルは、卒園式や入学式が軒並み中止となったこの春、大不振のはず。単価は小さいながらも需要の見込めるマスクに、活路を開かんとするのはわかる。

６枚セットで税込３３００円。洗って繰り返し使えるとはいえ安くはない。が、粗悪品をつかまされて懲りた人には、安心と信頼の「日本製」だ。事実、予約して入荷待ちとなっていた。

しばらくして届き、これは「当たり」だと思った。鼻から顎まですっぽりおおう。サイズは子ども用、小さめ、ふつうの３通りあり、アベノマスクの小ささに閉口した私は、ふつうサイズにした。

おおわれながらも息がしやすいのは、立体的なせいだろう。鼻の頭の部分が前へ出っ張り、その下の部分に隙間ができる。

正面から見ると、鼻すじにあたる中央がもっとも高く、左右へなだらかなカーブが下りる。

色はアベノマスクと同じく白だが、ガーゼではなくシャツブラウスのような生地。滑らかな質感は、さすがアパレルというべきか。

難点を言えば白すぎること。このマスクをつけると、うちにある白のシャツブラウスの水を何度もくぐった生地がくたびれて、ともすれば薄汚れて見えてしまう。対比の目立たない服を着なければ。

そうしてつけてきたマスクだが、外出先でふと鏡を見ると思うのだ。

顔が膨らんでいるようだと。白という膨張色のせいなのか。

いや、違う。顔の重心が下がるのだ。

マスクがずり落ちてくるのは感じていた。アベノマスクのように話すときの顔の筋肉の動きにつれて上下するのではない。気がつくと、全体に下がっている。

鼻がはみ出てしまっていたり、顎を通り越し首すじまで来ていたり。

中央の高い部分が鼻に引っかかっていてくれない。息のしやすいのをよろこんだものの、立体的なこの形は、鼻の低い人には合わないのかも。

正面から見るとなだらかな「八」の字を描くカーブも、全体が下へずれるとつらいものがある。頬に描かれた「八」の字ライン。それこそは老け見えの原因とされる、ほうれい線と同じカーブだ。ほんもののほうれい線は、マスクでうまく隠れているのに、そのマスクが「疑似ほうれい線」とでもいうべきものを、出現させてしまっている。

下の方は、顎より落ちていると書いた。ほんものの顎と「二重顎」の状態だ。マスクの両側の脇はたるんで、外へ出っ張っている。老け見えのもうひとつの原因であるブルドッグラインを、作り出してしまっているのである。

サイズ選びも間違っていたと言わざるを得ない。「小さめ」にしておけば、ずり落ちをまだ防げたのでは。

巻き尺で鼻から耳までや顎までを測り、商品情報と見比べたら「小さめ」がジャストサイズとわかった。マスクに関しては、大は小を兼ねないのだ。

老け見え防止のためだけではない。ゆるいと飛沫が出入りしやすく、感染防止という本来の目的にも反する。

靴ならば０・５センチの差でもシビアに検討する。マスクでは素材に気をとられてしまったが身につけるものである以上、「サイズの合ったものを選ぶ」という基本が思い起こされる。

６枚も買ってしまったマスク。幸か不幸かアベノマスクと違って、洗ってもまったく縮まず……。だましだまし使っていこう。

いつもと違う夏

夏休みの時期である。「今頃自然のまっただ中にいるはずでした」と知人の男性。アウトドアが趣味で、山道を軽快に走れる四輪駆動を持っている。早期退職で他県へ移住した友人を訪ね、谷川で料理したり共同浴場に立ち寄ったりしながらドライブする計画だった。

実行前に友人から電話があり「オマエの車をうちに置いてもらって、オレの車で行くのでいいかな」。感染者数の少ない県。他県ナンバーの車がいたずらに遭う被害が、残念ながら起きており、もしものことがあったらいけないと。男性は快諾した。

妻に話すと「それは想像力なさすぎ」。友人の真意は、来ないでほしいのだと。東京と違って、どの家にどんな訪問者があったかすぐに広まる。万が一にも感染者が出たらニュースの中だけのことではすまない。その心配から、帰省も冠婚葬祭も遠慮されるくらいなのだと。

男性は反論した。友人とはオレとオマエの仲、そんな持って回った言い方はしない。そもそも自然の中のドライブだ、「3密」とは無縁であると。が、人口の少ない県出身で、共同体や医療資源の状況を知っている妻の言葉は、重い。

　自分の休みに合わせてくれたのに悪いけど延期したいと、友人に告げると「全然構わないよ、オレの方は毎日が日曜だから」。心なしかホッとした声を出していたという。

　実は私も今頃、温泉地にいるはずだった。宿にこもり読書ざんまいの計画で、前々から予約していた。東京で感染が再拡大し、迷いはじめる。政府のキャンペーンでは、3密を避けて旅行をとか、熱のある人や体調の悪い人は控えてと呼びかけているが、いやいや、無症状で広げる可能性のあるのが問題なわけで。部屋で過ごし貸し切り風呂に入るような滞在でも、館内のあちこちに触るし。

　観光業の落ち込みの深刻さも、活性化の必要もわかる。予約した宿も2か月間休業していた。その上キャンセルで痛手を負わせるのはためらわれるが、万が一にも感染者を出したときの打撃は計り知れまい。経済的にも地域社会での立場も。

　サイトで空室状況を調べ、決断した。8月末までほぼ満室。私がキャンセルしても予約は入るだろう。東京以外のお客さんもいるのだし。

　9月に改めて予約するつもり。その頃には感染が落ち着いていることを願って。

暑さのせい

仕事先からジムに寄り、夜遅く帰ってきた。玄関ドアを入るや、むっとする。エアコンをかけていなかった室内には、熱が蓄積しているようだ。とにもかくにもリビングと書斎のエアコンをつける。ともに28度と弱めの設定だが、勢いよく風が出はじめる。汗みずくの手を洗って書斎へ。ひと息つく前に、持ち帰った書類や郵便物を整理してしまおう。

作業中、ふと不審に思った。頭上からは冷風がずいぶん強く吹きつけているのに、足の裏は妙に温かい。住んでいるのはマンションの1階。この下にはピットという、コンクリートに囲まれた空間があるはずだ。そこにまだ昼間の熱がこもっているのか。

しばらくすると室内はかなり涼しくなったが、依然として床は熱を持っている。比較のため、同じく帰宅後に冷やしはじめたリビングへ行き、床を踏みしめると、差は歴然だ。

どこかの住戸で落とした風呂の湯が、書斎の下の配管を通るのか。ならば、今晩に限ったことではあるまい。もしかして配管が壊れ、ピットに湯が溢れ出ている？

もっとよくない可能性に思い当たってしまった。火事の煙がこの下に流れ込んで、充満している？　書斎の床に腹這い鼻を押し当てるが、それらしい臭いはない。帰ってきたときのマンションのようすも、常と変わらなかった。

が、この熱が尋常でないことは確かだ。

どきどきしてきた。まさか誰かがピットにしのび込み、煮炊きしているわけでもあるまいし。真夏の夜の怪である。

管理会社に連絡し、ピットを調べてもらうべきか。夜間なので緊急センターにつながり、出動を要請することになるけれど。

意を決しスマホを握り締めたとき、壁のパネルスイッチが、小さく緑に点灯しているのに気づいた。床暖房がついている！　すぐ下の電気のスイッチと誤って操作してしまったとしか……。「緊急センターに通報しないでよかった」。胸を撫で下ろす。

それにしても自ら温めていたなんて、こわすぎ。高齢になってからの父が夏に暖房をつけていて、ぎょっとしたことがあるが、似たような状況がこんなに早く起きるとは。

配管の破損とか火事とかレアなケースを疑う前に、これからはまず自分を疑おう。ただし今晩については、暑さのせい。そう思うことにする。

熱中症もこわい

夕食後リビングのソファで本を読んでいると、抗しがたい眠気に襲われた。体勢を崩して床に降りれば、木の冷たさが気持ちいい。

このままここでひと寝入りするか。風邪を引くといけないので、寝室からガーゼケットを持ってきてかぶる。エアコンのリモコンに目をやれば28度。今ちょうどいい涼しさだから、寝ると寒くなるかもと29度に設定する。

思いのほか深く眠り、覚めたのは1時間半後。体を起こすと何か変だ。とてつもない倦怠感で、頭も重い。風邪を引いたか？　悪心をおぼえて、はっとした。もしかして熱中症？

這うようにキッチンへ行き、水を飲んで梅干しを食べる。食品用の保冷剤を2個取り出し脇の下に挟んで、エアコンの設定温度を下げ、冷風の下にひっくり返っていたら、どうにか治った。

東京ではコロナによる死者より熱中症で命を落とす人が多い状況だ。ニュースで「熱中症で20人が亡くなり、うち18人はエアコンを使用していませんでした」

などと聞くたび、あとの2人はどうしていたのか疑問だったが、解けた。うたた寝も命がけである。エアコンの「適切な」使用を呼びかけるわけもよくわかった。

年とっても家で自立して暮らすためには、排泄をトイレへ行ってできることだと、私は前から思っていた。その条件に「室温の調節ができる」ことも付け加えねば。周囲でも親が真夏に暖房をつけていてぞっとした、という話を聞く。認知症だけでなく、暑さを感じにくくなるせいもあろう。

私の父も日中はひとりで過ごす時間があったので、リモコンを使いやすくした。複雑な操作はできないので、あらかじめ28度の冷房に設定した上、白いテープで全体をおおい、電源ボタンだけ残して「暑いとき押す」と大きな字で書いておいた。それでもつけず、肌着のシャツをさわってみると、絞れそうな汗。

エアコンの使用を自己判断に任せていたら、必ずや脱水症状になる。子どもたちが交代でようすを見にいっていたのを、これはもう常時誰かがいて管理しなければ、となったのだった。

私がそうなったら、常時つけっ放しで、リモコンをヘルパーさんに預かってもらうか、施設入居か。エアコンひとつにも行く末を考える夏。

とりあえず「風邪を覚悟で28度以下に」を決まりとした。

できるときに定期健診

職場の健診のない私は、近くのクリニックで定期的に受けている。胃カメラを含む一般的な項目は毎年、大腸の内視鏡、別名大腸カメラは3年ぶりだ。新型コロナでためらっていたが、クリニックに電話で状況を聞くと問題ないとのことで、実施を決める。感染が再拡大するかもしれず、できるときに行かないと。

胃カメラでたいへんな思いをしている人は「あれのもっと大がかりなもの？」とひるむかもしれない。肛門から入れるため、胃カメラのような飲み込む努力は不要。鎮静剤のもたらす心地よい眠気に身をゆだねれば、知らないうちに終わっている。

たいへんというなら大腸を空にする方だ。胃カメラは当日の朝の絶食ですむが、こちらは前日から準備がはじまる。

前日に許されるのは、検査用のセット。3食プラス間食がレトルトパックに入っている。じゃが芋の肉そぼろあんかけ、卵がゆ、シチュー、りんごペーストなど。在宅で仕事をし、時間になるとレトルトの封を切って器へ。電子レンジのトレイの回るのを眺めつつ「まな板も鍋も使わない日だな」。楽ではあるが、食事している実感に乏しい。宇宙飛行士の食事ってこんな感じ？　ふだんあれほど意識的に野菜をとるのに、緑のものがまったくないのも……プロの作るものだから栄養は考えられているのだろうけど。

夕食を早めにすませたら薬の服用をはじめ、翌日の午前中までかけ空にしていく。断続的にトイレへ行くのと、スポーツドリンクをこまめにとるので眠りは切れ切れ。脱水症状防止のためで、1本を1時間かけて飲むことを、計5本するようにと。1本に1時間なんて、おそろしくローペースで、ペットボトルを手にしたまま寝落ちしそうになる。アラームを10分おきに設定し、音でわれに返ってはひと口含む。トイレ行きが頻繁になったところで、操作パネルに「電池を替えて下さい」との表示が出て焦った。わが家のトイレに流すためのレバーはない。よりによってこんなときに電池切れ⁉　電子辞書の電池が同じ単3だったと思い出し、移し替えてしのぐ。

それらの反動で、検査の鎮静剤ではぐっすりと寝てしまった。

おかげさまで異常なし。新型コロナは気になるが、健康を脅かすものは他にもある。状況の許す限り、定期健診は受けよう。

歯医者で学ぶ

「ああっ、また」。心で叫んだ。歯の詰め物が取れた瞬間だ。驚きよりも「やはり」「よせばよかった」など、予期していたという思いと後悔が交じる。

昨年も取れた左上の奥歯である。虫歯の治療跡に埋めたゴールドが、そのときはふいに落ちた。歯医者に行くと、虫歯は再発しておらず、噛む力がかかり続けてゆるんだのだろうという。持っていった詰め物を接着剤でつけ直すだけで、歯を削らずにすんだ。

以来、硬いものや歯にくっつきやすいものには気をつけていた。特に飴は要注意。こちらの経験は、５年くらい前になるか、はちみつを固めた飴を噛んでいて、別の歯のゴールドが取れたのだ。

そのときは、かなり削った。もともと大きな治療跡だった上に、ぐずぐずするうち穴の中で虫歯が進み、詰め物を一から作り直した。痛みに弱い私は麻酔をしてもらったけれど、ドリルの先がいまにも神経にふれるのではと、恐怖心で汗びっしょり。ほとほと懲りて「二度と飴なんて食べない」とまで思い、事実相当長い間口にしなかった。

しかし、喉元過ぎれば熱さを忘れる。近頃はときどき口にするようになっていた。甘いものは疲れに効くし、他の菓子と違って飴は油脂を含まないから太りにくそう。特にはちみつを固めた飴は自然食品だから、健康によさそうで、つい自分に許しやすい。

昨年ゆるんでとれた詰め物は危ないと思うから、その歯のある側で嚙まないようにしていた。が、心に隙は生ずるもの。反対側で嚙んでいて、何の気なしに舌でそちらへ送り、とたんに「ああっ、また」だったのだ。

飴にくっついてきたゴールドを、がっかりして眺める。こうなるとわかっていたのにやってしまった自分が情けない。

そんな私にも、先例からの「学び」はある。とにかくすぐ歯医者へ行く。詰め物は忘れず持参。うまくすると今回も、はめ戻し接着するだけですむかもしれない。

医師に診せると、残念ながらそうはいかず、穴の内側を整えたうえで、樹脂を流し込み固めることに。麻酔して削ってもらった。

会計をしながらつくづく思う。今度こそ、喉元過ぎても忘れまい。次に飴を食べるとしても、けっして噛まずに溶けるのを待とう。係の女性が領収書とともに「お返しします。使わなかったので」。持参したゴールドだ。私としても使い途はない。５年前に別の歯からとれたゴールドも、持ち帰ったが結局捨ててしまったような。

会計係にそう言うと「もったいない！」。同様の場合、金の買取店に持っていく人が多いという。純金ではないが含まれてはいるのでゼロ円ではないそうだ。知らなかった！　５年前のゴールドの方がずっと大きかったのに。

とりあえず自宅の引き出しに保管した。私の口内にはゴールドで治療した歯が、他にもまだあったはず。次回は捨てない。使えなかったら、買取店を探して、今回のとともに持っていこう。新しく得た「学び」である。

眼の加齢さまざま

スマホのアラーム音で目覚める。目の前にスマホを引き寄せ、音を止めると、アラームの白い画面に一点の汚れ。老眼なのでよくは見えないが、画面を爪でかいてもとれない。スマホを置けば、部屋の白い壁にも一点。なんだ、睫のごみだったか。マスカラがよく落ちていなかったかも。

睫をこすり再び開くと、まだある。睫にまつわりつく虫のように、手で払っても逃げない。「こ、これは……」。遅まきながら気づいた。蚊のようなものが視界を飛び回るという、あの症状では？ 私が30歳になるかならないかの頃、父親がいっていた。眼科で告げられた症状名が、まことに言い得て妙であると。それからどうしたのか、親の話をもっとよく聞いておくんだった。

とり急ぎスマホで調べる。「蚊の音読みはモン、ブン？」。ヒブンショウで出た。ひらたくいえば眼球はゼリーのようなもので満たされ、若いうちは透明だが、年をとると濁ってくる。さらにはゼリーが萎縮し、表面にしわができる。その濁りやしわが影として、網膜に映るらしい。

何やら皮膚の老化を連想させる。皮膚も年とともにくすむし、しわが寄る。検索では、飛蚊症の多くが加齢による生理現象とのことだった。

加齢か。別の症状で眼科を受診したとき指摘された。白眼の毛細血管が切れる、結膜下出血というものを、私はよく起こす。まばたきで血管が引っ張られ、切れることが多いという。まばたきの際、瞼でこすれる刺激をせめてやわらげようと、うるおいを与える目薬をもらっているが、なおしょっちゅう。

そのときの医師の説明では、「加齢で皮膚がたるむのと同様、結膜もだぶついてくるんです」。だぶつきに伴い、血管の引っ張られ方がより大きくなるため、切れやすくなると。眼球なんて小さな部分にも、加齢は着実に進行している！

眼鏡のくもりですら読み書きの際じゃまで、よく拭くのに、黒い虫もどきにこの先ずっと居座られるかと思うと憂鬱だ。仕事先で同世代の２人についこぼすと、２人とも40代から飛蚊症という。「最初はうっとうしかったけど、ふだんはもう忘れています」「常にいるわけじゃなくて、勝手に消えたりしていますし」。慣れってすごい。

飛蚊症はたまに病気と関係することもあるそうなので、頃合いを見て眼科に行くことにしよう。

読めない本が増えている

久しぶりに外国文学でも読むかと、本棚の前へ行った。好きだった短編集をその場で開いてみて愕然。

字が小さい。文庫ならまだしも単行本で、こんなに小さかったっけ。老眼鏡をかければ判読できないことはないが、相当に疲れそう。息抜きのための本だから、そこまで頑張って読まなくても……。

この本はどうか、この本はと、次々開いてみても同様。愕然を通り越して慄然とする。もしかすると本棚の８割近くが、実質、読めない本になっているのでは。紙が不足していた時代の本を引っ張り出してきたわけでなく、少し前の自分が愛読した本なのに。「目が衰えたのだな」と実感した。

読書量が減っているのは感じていて、ゆゆしき事態と思っていた。ネットに時間をとられるためと分析していたけれど、目の問題も大なのでは。出かけるとき何かしら１冊鞄に入れるのが習慣だが、そのときも読みたさより、字の大きさで選んでいるような。

かつては電車での移動中で、読書時間を確保していた。新幹線に乗るときなど「まとまった読書ができる」と嬉々として持っていったものだ。

あるときから、読むと酔うようになった。老眼もさることながら、乱視が進んでいるのかもしれない。新幹線は、座席が快適なため気づきにくいが、結構揺れる。字を書くとよくわかる。本を読むと気持ちが悪く、弁当も食べられなくなるため、寝る以外なくなっていた。スマホの画面をずっと見続けていられる人が信じられなかった。

思い出すのは晩年の父。読書の習慣はある人なので、本がそばにあると落ち着くらしく、介護中もよく、本棚から取ってくれと言われた。

それがしだいに画集や写真集など字の少ない本になり、ついには手にするだけで開かなくなった。読書の態勢は身についていながら、形骸化したといおうか。字が読みづらいのではと気づき、大活字本を買って持っていったが、時すでに遅し、であった。

私のこの短編集も、読む意欲が残っているうちに、大活字本に買い替えようか。いや、大活字本が出ているとは限らない。本棚にある8割を買い替えるのも、現実的でないし。

電子書籍なら好きな大きさの字にできるのだろうが、仕事で端末の画面を見続け、息抜きの時間までそうする気には、まだなれず。ルーペ眼鏡を買おうかと、真剣に考えはじめている。

ネット句会が刺激的

月に1回参加していた句会がある。公民館の一室に5名ほどで集まって、句を作り無記名で提出。好きな句を選んで評し合い、最後に誰の作かを言う。狭い部屋で長時間顔を突き合わせ、話したり句を書いた紙を手渡ししたり。感染を防ぐ上では避けるべき状況ばかりで、休止のやむなきに至った。

休止が続くと、物足りなくなる。その句会は刺激的で、集まってから題を15個決め「用意、ドン！」で作りはじめる。制限時間は45分。無茶な題がほとんどで、「憲」のようなおよそ俳句らしくない一字を詠み込めとか、五七五それぞれの頭の音を「は・て・し」とせよとか。季語も必ず入れるので相当苦しく、終わると汗をぐっしょりかいている。そのスリルが病みつきになるのである。

他の人も刺激を欲していたらしい。ついに自宅でメール句会をすることになった。方法は原始的だ。某日午後1時、とりまとめ役の人が題を全員に送信。2時までに作って返信し、一覧表にしてもらうことに。

制限時間は15分おまけされているが、不安だ。いつもは人が鉛筆を走らせる音や焦る息づかいなどが周囲に充満している。あの「場の力」なしに集中できるのか。提出用の紙に書きながら作るのが慣らいとなっている。キーボードで打ち直すのにもたつきそう。

筆記用具、ペットボトルの水と準備万端整えて、5分前からパソコンにはりつき今か今かと待つ。来た、15題！　歳時記をめくっては作りめくっては作り……えっ、もう40分？　1時までの5分間に比べ、なんて速いの。残り時間も飛ぶように過ぎ、入力し送ってぎりぎりセーフ。途中で宅配便が来たらアウトだった。

例に挙げた題でどんな句ができるか、恥ずかしながらお示しすれば〈噴水や市民憲章ある広場〉〈はたかれて天花粉かく白きとは〉。噴水、天花粉が季語である。

コロナ禍で集まれないのを機に、もっと進んだネット句会のしくみが考え出されているらしい。期限までのいつでも句を送れて、集計や発表は自動的に行われるものだ。

思えば感染拡大以前から、さまざまな理由で家を離れにくい人がいる。体の状況、家族の状況。対面を基本としてきた句会だが、それがかなわなかった人も、今後は参加しやすくなるかもしれない。

集まらないで「座」を囲む

オンラインの飲み会についに出たという人が、周囲に増えてきた。仲間とわいわいしたい年頃ではないから「そんなテレビ電話みたいなことまでして、飲まなくていい」と思っていたけれど、新型コロナの影響が長引くに至り「ものは試し」と参加したそうだ。

私が影響をもろに受けているのは句会。半年間いちども集まれていない。句会というと、短冊にさらさら書きつけ「結構ですな」とうなずき合うような静かなイメージがあるかもしれないが、実は談論が盛んである。流れをいえば、無記名で句を提出↓好きな句に投票↓得票発表↓選ばれた句を評し合い↓最後に作者が明かされる。

この集計や発表を自動で行えるシステムはあると述べた。もう少し詳しく言うと、句会ごとに設定したアドレスへ、期限までに句を提出↓期限までに投票↓得票と作者名が表示される。俳句を愛する一個人が開発、運営するもので、非営利目的なら誰でも使うことができ、無料。句会ができずにいる今、課金しても使う人は多いだろうに、頭が下がる。

そのシステムと、飲み会によく使われるミーティングアプリを併用すれば、リアル句会にかなり近い体験ができると聞いて、決めた。オンライン飲み会ならぬオンライン句会への初参加だ。提出、投票まではシステムのみ。得票は、画面上に集ってからいっせいに見る。

「1位はこれか」という驚きから、句についてああだこうだ。作者がわかって「えーっ」「意外！」。リアル句会でいちばん盛り上がるところだ。「これは絶対、繊細な人の句だわ」と評された句を詠んだのが、正反対のキャラクターの人だったり、難癖をつけられた句が、指導者の作だったり。そのたびにどっと座がわく。

これが足りなかったのだとわかった。システムのみなら私は何度か体験し、句会がまったくないよりはいいと思いつつ、参加した実感に乏しかった。不在者投票をすませ、後日結果だけ知るような。欠けていたのはこの一体感なのだ。

句会に参加することを、句座を囲むという。俳句は座の文芸だとも。「座」は必ずしも同じ空間にいなくても、時間を共有することで形成できるのでは。

膝を突き合わせての句会にはまだ慎重にならざるを得ないが、「新しい生活様式」の句会、またぜひ出たい。

セルフベストを取り戻す

コロナ禍が思いのほか長引いて、おしゃれの意欲は低下したままである。春にジャケットとワンピースを処分し、再び季節の服の入れ替えどきを迎えているが、この夏袖を通した服は、とても少ない。

どこへ出かけるわけでもないから？　いえいえ、今あるのは綿のシャツブラウスなど、家で着るのに適したものがほとんど。

着ていく場の有無よりも、気分的な問題だ。世の中当分おしゃれどころではなさそう。ニュースをつければ、医療従事者をはじめとする最前線の人が、防護服で汗みどろになり働いている。あれこれ着て楽しもうなんて、後ろめたい。

秋冬の長袖のシャツブラウスを出してみたが、昨年とても気に入っていたものでも、鏡の前で顔に当ててると「なんだかな」。

髪が伸びトップのボリュームが失われて、頭皮にぺたりはりついている。毛先はあっち向きこっち向き、ばらばらだ。外出を控え、美容院へずいぶん行っていない。カラーリングをさぼっている生え際は白く、フェイスラインがぼやけた印象。服以前に、顔の状態が下がりすぎている。

メイクもほとんどしなくなった。日用品の買い物や仕事には出るが、行った先でマスクを外すことはないので、メイクするとしても、眉を描き、マスクの白との対比が際だつ目の下のクマをカバーするのがせいぜい。細かい作り込みは放棄している。

つや感の出るBBクリームを塗り、チークで血色アップ、アイラインやマスカラをばっちり入れてと、フルメイクした自分を久しく見ていない。セルフベストの状態を忘れそうだ。

化粧品は、ほんと、減らない。口紅なんて最後につけたのはいつだったか。

服も増えない。百貨店が再開したときいちど行ったが、服を手に鏡の前に立っても、マスクをつけてだといまひとつイメージがわかず、「万が一自分が感染していたら」と思うと試着もためらわれ、買わずじまいだった。

鬱々としてばかりいてはいけない。医療従事者も、元気になって退院していくのがいちばんうれしいと、ニュースで言っていた。いい面を探さねば。いい面……あった。

例年は夏が終わると、頬に点々としみができているが、今年はそうでもないみたい。先日、行った先でマスクをとるかもしれない用事があった。BBクリームはマスクに色がつきそうで、白っぽいフェイスパウダーだけはたいていくことにする。

出かける前、鏡で仕上がりを見て「あれ、これだけでも結構よくない？」と感じた。マスクのおかげで紫外線に当たらなかったのと、保湿効果もあったかもしれない。肌の質感は悪くないのだ。

この肌でフルメイクをしたら、どこまで行けるか。確かめるには髪をベストな状態にしないと。

3か月ぶりの美容院を予約した。

たいへんだけど、まだできる

50代半ばの自宅リフォームで、めざしたことのひとつが、衣替えをしないですむ家だ。夏物と冬物の大がかりな入れ替えである。

前はシーズン外の服を衣装ケースにしまい、クローゼット内の天井近い棚に載せていた。布物とはいえ重い。脚立に乗ってバランスを崩さぬよう踏ん張り、持ち上げて押し込むのは、筋力が要る。年とともに負担になって、リフォームを機に、収納の仕方を変えたのだ。

クローゼットは間口を広く横長にして、手前と奥にポールを設置。その時期着る服を手前に、そうでないものを奥にかける。ハンガーのまま移すだけだし、一度にすませる必要もない。クローゼット内にはチェストも置いて、そこにも入りきらない服は原則、持たないことにする。

衣装ケースは空にでき、年に2度の衣替えから、これで解放された……はずだった。

忘れていた。寝具の衣替えともいうべき作業があった。これがなかなかたいへんなのだ。

冬物の発熱素材の敷きパッドを洗って干し、同じく発熱掛け布団を洗って干し……洗濯機には1枚しか入らないので、それだけで2度回した。布団から外したカバー、シーツ、綿毛布。洗ったものから日に干して。夏物の涼感素材の敷きパッド、麻のケットもベランダで風通し。ベランダ、寝室、洗濯機の間を何度行き来したことか。

乾いたものは収納する。クローゼット内の天板近い棚が置き場だ。脚立に踏ん張り持ち上げて。衣装ケースと同じことをしているような。

話は飛ぶが、某大女優は60過ぎて自宅をたたみ、ホテル住まいをしていたと聞く。ホテルならベッドメイクはお任せだから、こういう作業がないわけで。「高齢者が施設に入居するのは、寝具の管理ができなくなるせいもあるかも」と思った。

いや、そこまで考えるのは早かろう。私の場合そもそも寝具の種類が多すぎるのだ。子どもの頃は家が冬、寒かったからたくさん掛けていたけれど、夏に向かって、毛布、布団と一枚ずつ抜いていくだけだった。発熱、涼感などの機能性素材がいろいろ出てきて、つい増えた。どこに住むかをいう前に、寝具の種類を減らすべきでは。

当面は今の態勢のまま、筋力の維持に励もう。たいへんだと言いつつこの夏も、結局できているのだから。

カテゴリを広げれば

パンツに求める条件は年々厳しくなっている。はいていて楽であり、扱いも楽であってほしい。ほとんどを通販で買っている。店舗よりサイズが豊富で、ウエストは同じでも丈が数種類あるなど、選択肢が広い。

ふだんはくデニムは「これは」と思うものをすでにみつけた。そのはき心地たるや「デニム見えするジャージ」と呼びたいほど。素材を見ると綿95％にポリウレタンが５％入っている。ポリウレタンとは、ゴムのようによく伸びる繊維で、その混紡率はストレッチ性の指標といえる。アパレル会社の知人に話すと「５％はすごい。うちの商品ではせいぜい２％」と驚いていた。

購入を検討する際は、何よりもポリウレタンの混紡率をチェックする。ポリウレタンは、ゴムがしだいに戻りが悪くなるのと同様、経年劣化が早いといわれる。私のデニムもはき続けるうち、膝は出てくる。でもこの年だと繊維の劣化より、自分のウエストサイズの変化の方が早いだろうから、さして問題ないのでは。

ポリウレタン以外にチェックするのは、レーヨンの混紡率である。少しきちんとした感じの夏物パンツで、主素材になっていることが多い。涼感と消臭性のある繊維なので、暑くて汗をかく季節に好まれるのはわかるが、私は用心深くなっている。しわになりやすいのと、水に縮む性質のため、前にうっかり洗濯機に入れ型くずれさせてしまった。夏こそ何も考えずにがんがん洗いたい。

　今シーズンもデニム以外のパンツを探して思うような素材のがなく、行き詰まったときにふと「ジムのパンツでよくない？」。運動向けだから、伸縮性は申し分ない。洗濯機にも平気で放り込める。

「ファッション」ならぬ「スポーツ」のカテゴリで探すと、ある。ネイビーやグレージュなど、仕事にも着られそうな色。テーパードやフレアといった、そこそこきちんと見える形。試しにネイビーのクロップドパンツを購入した。

　主素材はナイロンだ。傘やウィンドブレーカーに使われるほどじょうぶで、しわになりにくい。ポリウレタンの混紡率は、驚異の12％と「ファッション」のカテゴリでは見たことのない数値。デニムではためらわれる会合などへ行くのに、ほんとうに便利。

　パンツ選びで困ったら、スポーツウェアへ探す範囲を広げることをおすすめしたい。

気に入った品をリピート

裏起毛のスパッツの黒。これはもうある年齢以上の女性には、定番となっているのでは。温かく、楽で、どんな服にも合わせやすい。

私がその存在を知ったのは、冬に薄っぺらいスカートでいた知人に聞いて。スカートの下に穿いており、タイツより断然温かく「パンツの代わりに、これ一枚で外を歩けるくらい」という。

試しに買うことにしたが、半信半疑だった。私は、パンツの下にタイツまたは発熱素材の薄いレギンスの二枚穿き。裏起毛のスパッツは、肌に最初にふれるときこそ冷たくないだろうけど、外の寒さも一枚でしのげるなんて、おおげさではと。

穿いてみて驚いた。たしかに温かい。最低気温が零度前後の東京の寒さなら、これ一枚で耐えられる。楽さにおいては、二枚穿きの比ではない。ウエストのゴム部分が一枚ですむし、生地そのものもパンツよりよく伸びる。

ただちに買い足し、出かける日のみならず家にいる日もそればかり穿くようになった。

いくつかの冬をそうして過ごしてわかったこと。裏起毛のスパッツにもいろいろある。日用品のディスカウント店でも売っているほど一般的で、価格の幅も千円前後から2千円台とそう広くないが、穿き心地は相当違う。

股上、股下の長さに、まず注意しよう。股上が浅いと、座ったときに腰が出てしまい、防寒の意味がなくなる。股下が短いと、足首がすうすうする。長身の私はそのことで苦労し、ネット検索を繰り返して、自分に合う商品をようやくみつけた。

質感も選びどころだ。伸びのよい素材の常で、どうかするとジャージになる。はき心地がジャージなのはいいが「ジャージ見え」は避けたい。

綿混紡だと、てかりが抑えられていいようだ。綿の入っている方が、毛玉もできにくく感じる。私のたどり着いた商品は、その点でも条件にかない、幸いだった。

ただし膝はどうしても抜けてくる。伸びをよくするため織り込んである素材は、ゴムのような性質のため、劣化により元に戻りにくくなるのだ。綿には洗うと縮む性質があるから「そちらの力で元に戻ってくれれば」と、しょっちゅう洗濯し

「復元」を試みていた。

他方でそれは色落ちを早める。黒の宿命で、洗濯を繰り返すうち、褪せて白っぽくなってくる。特に膝が著しい。膝については、着用で擦れるためもあり、いかんともし難いようだ。白さの目立つ方を家用に、マシな方を外出用にと使い分けてきたが、そろそろ限界に。

この冬、さすがに買い替えようと、ネット検索したところ、ない！　前は同じ商品が「価格の安い順」に並べ替えられるほど表示されたものだが、まったく出ない。製造元あるいは輸入元に、いったい何があったのか？

私は衣料品でも日用品でも、気に入った商品をリピート買いしたい方である。数ある裏起毛のスパッツから、理想の商品を探し直すことを思うと、おっくうで。

家にいることの多いこの冬は、頻繁な立ち座りでスパッツの傷みがいつも以上に速いが、膝の抜けたものを穿き続けている日々である。

減らすばかりでなくていい

衣替えをしなくてすむ家をめざし、自宅リフォームで服の収納法を変えたことを書いた。布団の種類も将来的に減らしていくつもりと。その一方で増えたものがある。カーテンの「衣替え」だ。

リフォームに際し、カーテンも新しくした。最後まで迷ったのが、寝室のカーテンの2候補だ。落ち着いたピンクの無地でビロードふうのものと、ピンクとグレーの柄物で麻のような張りのあるものと。どちらもピンクでお恥ずかしいが、昔からの憧れだ。若いころは「ピンクなんて女性が住んでいますと示すようなものので防犯上、危険」と聞いてがまんしていた。今の私には、裏地をつけて外からわからなくするという知恵がある。

2つの候補のサンプル生地を寝室の壁に貼り、昼となく夜となく見比べ、何週間も迷い続けた末に、無地を選んだ。が、柄物への思いも断ちがたく、その布でクッションをカーテン業者に仕立ててもらって、ようやく決着したのである。冬の寒いときのこと。

春が過ぎ、夏が来て、最初の熱帯夜を迎えたとき、気づいた。ビロードふうは見た目が暑苦しい。リフォームの際参考にしたのはヨーロッパのインテリア本、対してここはアジアモンスーン地帯。気候条件が違いすぎる。麻に似た質感を持つ、もう1つの候補の方が適していたかも。

そして思った。カーテンも夏物があっていいのでは。掛け替えがおっくうで、どちらかを使わなくなってしまうか？　が、寝室の窓は比較的小さめで、カーテンも片開きだ。1枚だけなら、さほど苦ではないだろう。業者に電話し、前に作ってもらったときの図面と生地の在庫があることを確認して、注文した。

配送されてきたものに掛け替えて、心から「よかった」。どちらか1つに決めなければならないと、なんで思い込んでいたのだか。

掛け替えでつらいのは、仰向けでの作業になるのと、その間カーテンの重みが腕にかかり続けることだ。裏地つきだと特に重くて、肩や背中まで筋肉痛になった。次からは手すりつきの脚立を活用。無理のない角度で作業できるし、カーテンの裾の方を手すりに掛けておけば、体で重みを支えなくてすむ。

今のところ作業の負担感を、それによって得られる満足感が上回っている。この方法なら年に2回の掛け替えを、厭わずできそう。

防犯の基本に返る

玄関ドアの鍵が変わった。もともとついていたのは自動ロック。ホテルの客室ドアのように、ばたんと閉めただけで施錠される。住んでいるマンションの全住戸に共通のものだ。マンションの管理会社によれば、経年に伴いあちこちの住戸で不具合が起きているそうで、交換することに。

自動ロックというとホテルに宿泊した際、うっかり鍵を持たずに部屋を出て、入れなくなった経験はないだろうか。同様の失敗を私は自宅で何度かし、そのたびに鍵の救急車的な業者の助けを求めた。

「その心配がなくなりますね」

交換に来た業者に言う。今度の鍵は、自動ロックではないのだ。

「逆に、鍵をかけ忘れる心配がありますよ」

と業者。ドアを閉めただけで出かけてしまい、帰宅して無施錠と気づき青ざめる例だ。

たしかに今まで自動ロック頼みだった。自分の手で鍵をかけるのは、防犯の基本の「き」だ。

移動が制限され、何日も家を空けることもない今は、新しい鍵に慣れる好機と思おう。

スーパーへ行くにも、玄関を出てから足を止め、自分に問う。「私は今、鍵を差し込んで回したか？」。少しでも不安があれば、数歩戻ってドアノブに手をかけ、がたつかせる。近所の人は「あの人しょっちゅう同じことをしている。よほど忘れっぽいのね」と呆れているかもしれない。

ひとり暮らしで、知人から泥棒に入られた話を聞いている私は、防犯に神経質である。寝る前には、玄関ドアをチェック。内鍵も今は自分の手でかけないと。防犯センサーも併せてチェック。セットすると、家のどこかの窓が開いたとき大々的に警報音を発するものだ。

内鍵とセンサーの操作パネルを、守衛さんのように指差し確認してから、眠りにつく。習慣づけたかいあって、交換後ひと月が無事過ぎた。

久々に都心へ仕事に出かけた日、帰宅して、玄関で靴を脱ぎながらそこはかとない風を感じた。どこからか空気が流れ込んでくるような。

リビングへ進んで仰天。いちばん大きな窓が開いている！

荒らされた形跡はない。泥棒でないなら、私が開けたとしか……。でも今朝は身支度してすぐ家を出、リビングには来ていない。

まさか昨日から開けたまま？　けれど防犯センサーはゆうべもセットしたのである。

もしかして、と試してわかった。センサーは窓の動きに反応する。つまり「開く」と鳴るのであって、はじめから「開いている」ことに対してはウンともスンとも言わないのだ。ひと晩開けっ放しで寝ていたなんて、こわすぎる。

ぞっとするような、何ごともなくて胸を撫で下ろすような。神経質なつもりでも抜けているところはあり、それで案外平気なものなのだろうか。

いやいや危ない。たまたま運がよかっただけ。むしろセンサーにも抜けているところがあると心得、機器を頼らず、自分の目で窓を見て回る。これまた防犯の基本の「き」。立ち返らねば。

トイレのリスク管理

知人の女性が自宅トイレで、ひやりとする出来事があったという。便座から立ち上った瞬間目の前が暗くなり、よろめいてドアに頭をぶつけた。起立性低血圧だろうと本人。それを機に調べたらトイレは家の中でも危険な場所のようだ。いきんだ拍子に血圧が高くなったり、冬は居室との温度差でヒートショックを起こしたり。「何かのときのためスマホを持って入るようにしないとと思った」。

聞いていて私は気になる。頭をぶつけたということは、ドアを閉めていたわけか。そのときカギは？

別の知人がこんな経験をしている。同居の母がトイレからなかなか出てこない。具合でも悪くなったかと、ドア越しに訊ねれば、弱々しい声で応答があるも、中へ入ろうとするとカギがかかっている！　本人は動けないらしく、工具でなんとかこじ開けた。回復後きつく母親に言った。「家族だけなんだから、カギなんてかける必要ないじゃない」。ノブ中央のプッシュ式ロックボタンを、母親はドアを閉める動作の中で習慣的に押していたという。助けを呼べても、その先の救出に手間取るのだ。

私は、客でも来ない限りカギはかけないし、ドアそのものも完全に閉めないようにしている。前に玄関ドアのトラブルの際、来てもらったカギの業者から聞いた。緊急出動には、玄関もさりながらトイレのドアが開かないという要請が、毎日ある。しかも、カギが開かないより、カギをかけていないのに開かない方が頻繁だと。

ドアからはラッチボルトという小さな部品が、ノブの脇にはみ出ている。ドアを閉める際いったん引っ込み、ドア枠の凹みにはまって、自然に開くのを防ぐもの。そのラッチボルトが、ノブを回しても動かない。「ノブそのものが回らない、あるいは外れてしまった、という例もあります」。ゾッとする。その絶望感たるや、戦場で刀が根元から折れてしまうに等しいのでは。

カギやラッチボルト云々以前に、ドアが外側から心張り棒をかけた状態になることもよくあるという。ドアを閉めた後、向かいの壁に立てかけていたものが倒れて、という例だ。

冒頭の知人に話すと「私も段ボール箱とか置いている、カギもたぶん無意識にかけている。即刻改めないと」。私は私でスマホ持ち込みを習慣にしなければ。

安否確認

知人から聞いた体験談だ。連休は疲れをとるのに徹しようと、アラームをセットせず、自然に目が覚めるまで寝ていた。ひとり暮らしだし、ふだんと違って、仕事の電話が来ることもない。昼間はたまっていた掃除、洗濯、衣替え。夜は音楽鑑賞などして、平和に過ごす。

３日目に、そういえばいちども電話が鳴らず、メールの着信音もないなと気づく。皆さん家族サービスで忙しいのだろう。

３日目の夜、突然の玄関チャイム。モニター画面には、険しい顔の姉がいる。室内に招じ入れるや「どうしたかと思うじゃない、返信くらいしなさいよ！」。着信履歴には、姉の番号がずらり。なんとスマホのスピーカーが故障し、いっさい音が出なくなっていたと判明した。

実は似たようなことが、その後私の周辺でも起きている。土曜の夜、姉が心配そうな声で電話してきた。兄と連絡がとれないという。

向こうから昼間いっぺん着信があり、夕方以降何度もかけているがつながらない。いつも割と律儀に返信してくる人。最初の電話は、具合が悪くてかけてきて、その後出られなくなったのではと。兄もひとり暮らしだ。

しかし半日で、そこまで考えるのは早すぎるような。単にスピーカーが壊れていただけの知人の例もある。きょうだいとはいえ夜にいきなり訪問するのは、プライバシーの面でためらいも。

「具合が悪ければ、家族に連絡とろうとするより、救急車を呼ぶんじゃない？」。知人の例もまじえて話し、とりあえず待つ方針で一致した。

姉にああは言ったものの、日曜の夜が近づくにつれ、落ち着かなくなる。やはり行こう。玄関先で話すだけで帰ればいいし。留守だったら入れるメモを用意する。「これを見たら姉か私に電話下さい」。しかし灯りが点いているのに応答がなかったら……。

長丁場になるのに備え、スマホの充電器をリュックに入れた。病気ならまだしも万が一事件だったら、その場に立ち合うに相当な胆力が要りそうだ。緊張が高まったところへ電話。兄である。「ごめん、携帯をよそへ忘れて今とってきた」。

お互いにトシだし、週にいっぺんとか日を決めて安否確認しようかとの案も、姉から出た。が、その日を誰かが「忘れ」ると、余計心配になりそうで怖い。

「若い人」で括る危険

日中の空いた車内で、並びに若い男女が座った。この２人が喋る、喋る。耳をそばだてるまでもなく聞こえる。

女性は端末で漫画を読んでいて、わからないことがあるたび連れに質問。「ざっくばらんって何？」「ざっくりってこと」「ぶっちゃけってこと？」「大ざっぱってことだよ」。

違います、と言いそうになる。辞書を引きましょう、辞書を。紙の辞書を持っていなくても、手にした端末で調べられるでしょう。

２人ともマスクなしだ。着用については人それぞれ考えや事情があるとして、着用しないなら車内での会話は控えるとか。咳やくしゃみのみならず会話も、飛沫を散らすと言われている。飛沫と風向きを考え、席を移ろうと決めたところで、次の駅に着いて２人は降りた。

静かになった車内で省みる。私の一連の反応は過剰で攻撃的だったかも。もしかしてコロナストレス？

外へ出ることが少ない分、他人と同じ空間にいることそのものが刺激だし、リスクに対する行動が自分と違う人は正直、気になる。自宅と駅の間でも学生や勤め帰りのグループがマスクなしで喋って大笑いしていると、「若い人の感染が多いと、あれだけニュースで言っているのに」。

「若い人」という括りが自分の反応の中にあるのは、危険に思える。

最初の頃コロナは、高齢者に多い印象だった。海外旅行から帰国後ジムをはしごしたとか、微熱がありながらバスツアーに参加したとか。「元気な高齢者がばらまいている」との批判がネットでは散見された。マスクやトイレットペーパーが店頭から消えた際は「買えるのは、並ぶヒマのある高齢者」「家でテレビばかり見ているから煽られる」と。

メディアとの接し方や時間の使い方が、世代間で異なるのは確かだろう。でもそれで対立感情を持ったり敵視したりするのは、有効か。

合理的ですらない。家に荷物を届けてくれるのもスーパーでレジ打ちしてくれるのも「若い人」なのだ。

次に反応しそうになったら「少し心を落ち着けて」と自分に言おう。

つなぐ世代

年配の男性がレジでいらだった声を出す。「余計なことごちゃごちゃ言わないで早くしろ」。若いスタッフが、次のような案内をするときだ。当店のアプリはご利用ですか。スマホの画面でアプリをご提示いただくと全品５％引きになります……。衣料品や日用雑貨のチェーン店で、そうした光景によく出会う。

私の気持ちは複雑だ。命令形でものを言う男性に反発をおぼえ、スタッフに同情する。他方、男性のいらだちもわかる。

この頃よくレジで聞かれる。アプリとかラインペイとか。もともとなじみのあるものではない。顔を上げて聞き返すと、スタッフの微妙な表情が。

内心いじける。何にも知らないと、私のことを思うだろう。若い彼らはもしかして、日本とアメリカが戦争していたことを知らないかも。でも今は彼らの持つ知識の方が役に立つ。物心ついたときから、端末というものがそばにある世代。対して戦争は、75年も前のことなのだ。

複雑な気持ちのままでは、精神衛生によくない。視点を変えて考える。物心つくのを小学校に上がる頃と仮定して、私のその頃、すなわち１９６８年の75年くらい前には何があったか。

引き算して驚く。まさか、日清戦争？「日清日露の戦争を経て列強の一員として歩みはじめました」とか、歴史で習った、あの「日清」？

年表を開いてみれば、たしかにその頃。その少し前の１８８９年に、明治憲法が制定されている。

愕然とする。天皇の位置づけからして今の象徴とは真逆であった、あの明治憲法のできたのが、私の小学校入学と、80年と離れていなかったとは！

明治と昭和の意外な近さを感じる。「これなら昭和の十五年戦争までなんて、あれよあれよという間だったろうな」と思ってしまった。

元号の変わり目にあたっては、何でもかんでも「平成最後」「令和初」で、少々騒ぎすぎではと、距離を置いていた。が、改めて年表を見ると、元号を意識せざるをえない。明治と令和をつなぐところにいるともいえる自分。いじけている場合ではないのである。

対面はできなくても

知人の高齢の夫婦の妻の方から電話があった。病院に出たり入ったりを繰り返していた夫が、今は自宅に戻っている。記憶がだんだんおぼつかなくなっており、思い出話のできるうち一度訪ねてきてほしいと。

すぐにも行けるがどうかと問うと「コロナがもう少し落ち着いてから」。いわんとするところはよくわかる。ウイルスを持ち込まれるのをおそれている。そのおそれは私も同様だ。新規感染者がいったん減った２０２０年５月のこと。タイミングをはかるうち再び増加に転じてしまった。

自分が感染している可能性は低そう。自粛の２か月間はほぼ家にいて、６月初め仕事の再開に際しては、念のため抗体検査を受け、陰性だった。それでもウイルスを運ぶかもしれない前提で行動しないと。重症化リスクの高い人と接するなら特に。

検査が陰性でもそれはあくまで、そのときの状態であって、今かかっていない証左にならない。検査の精度にも限界がある。感染者ではないお墨付きを得たようにふるまえば、周囲を危険にさらしてしまう。人や物の往き来が絶えない社会。自分だけはだいじょうぶとする根拠はない。感染者の少ない県でも、病院や介護施設が面会を中止、ないし制限しているのは、この考えに基づいてだろう。

介護施設ではオンラインの面会が、厚生労働省から推奨されている。同様の取り組みは病院でもはじまっている。インターネットこそは、前回の世界的規模のパンデミックであるスペイン風邪のときにはなかったものだ。接触が禁止、ないし忌避される感染症下で、人々をどれほど孤立から救ったことだろう。

冒頭の夫婦も入院中、オンラインで面会していたという。病院や施設の職員には、多忙と疲労を極める中、環境を整え日時を設定してくれて、頭が下がる。面会には予約が必要で、患者ひとりが利用できる回数も限られているようだ。

別の知人は、入院中で翌日に手術を控える友人を励ましたいと思った。限られたオンライン面会は家族が使うべきと考え、代わりに一計を案じた。

他の友人たちと時間を決めて、それぞれの車で病院の駐車場へ。揃ったところで、入院中の友人の携帯へ電話し「窓から駐車場を見ろ」。各自車から降り、ガラスの向こうに姿を認めた友人へ「おーい、オレだ」と呼びかけながら手を振る。

それもひとつの遠隔でのつながり方だ。

心をウイルスから守る

新型コロナを気にする暮らしも長くなり、私の感染リスクとの付き合い方も変わってきている。はじめのうちは電車に乗るにもおっかなびっくり。電車はまだ混んでいて「このぶんでは感染を避けられまい。病院も空きがないというから、自宅療養になるのか」。そのときに備えお粥を購入するほど、差し迫った脅威に感じていた。吊革や手すりにつかまらず、コア筋が鍛えられたのもその頃だ。

でも満員電車で感染した話はあまり聞かない。首を傾げていたところ、別のことで診てもらった医師が「ウイルスにさわっても皮膚から体内へは入らない。その手で目・鼻・口にふれない限りだいじょうぶ」。そうなのか！　なら手につくことを過度におそれまい。洗うなりアルコールで拭くなり、目・鼻・口への経路をどこかで断てばいいわけで。相手のことが少しわかり、対処の方針が立った。

宅配便にも同じ方針で臨む。届けにいったらいきなりアルコールスプレーを噴射されたという話も聞くが、それはあんまり。受け取った後、手を洗えばすむこと。忌むべきはウイルスであって人ではない。

紙の上では1日経つと死ぬ（厳密には生き物ではない）そうなので、急ぎの荷物でない限り箱のまま玄関に置き、ウイルスが弱るのを待つ。新聞も同様で、読むのはいつも1日遅れの「旧聞」だ。玄関内までウイルスを持ち込む可能性はあるが、そうであってもウイルスは自分で家の中を動き回ったり、増殖したりはできない。そこが菌との違いである。プラスチック上では最大3日活性を保つらしいので、食材はパッケージをアルコールで拭き、冷蔵庫へ。

外出時はマスクを着用するかハンカチで代用。不織布以外はウイルスを防げないともいわれるが、さきの医師によると無意識に鼻や口に手が行くのを防ぐ上で効果があると。飛沫がいちばんこわいので、マスクなしでの会話はしない。

3か月ほど過ぎたところで抗体検査を受けると、感染の形跡はなし。それまでの注意の仕方で、だいたいは間違いないかと思えた。

防御の上で敵を知るのはたいせつだが、テレビからの情報収集はほどほどにしないと。深刻な表情や攻撃的なもの言いにずっと接していると、神経がすり減り鬱っぽくもなる。

コロナのある暮らしは、残念ながらまだ続きそうだ。ニュースは時間を決めて見るなどし、心の健康を保つことにつとめたい。

コロナの後も変わらない

この文章を書いている今は誰もが「あ、あの頃」と感覚的に思い出せる近い過去でも、時が経つにつれ忘れ去られていくだろう。趣味の俳句について記す文章だが後に残ることを考え、ここまでの流れをいまいちど日付を入れて振り返っておきたい。

２０２０年２月24日、新型コロナウイルスの感染拡大が急速に進むかどうかの「瀬戸際」にあるとして、多くの人と手の届く距離で会話を続ける状況を避けるよう、政府の専門家会議により促される。一室に集まり短冊などをやりとりしつつ長時間を共にする句会は、条件に合致する。句会の自粛はこのときからはじまった。

東京は４月７日から緊急事態宣言の対象となり、不要不急の外出を控えるようにとの要請が、宣言の解除まで続く。私は月に三つほどの句会に参加していたが、１つはリモート、他は中止となった。

５月25日に解除されるも、感染リスクがゼロになったわけではなく、リスクのあることを前提にした「新しい生活様式」が求められ、対面での句会にはいまだ参加していない。

この、部分的に続いている自粛の期間を振り返れば、宣言の出るまでが私はもっとも緊張が強かった。感染は拡大の一途をたどりながら、3密の回避やソーシャルディスタンスはまだ定着していなかった頃。リスクへの意識は人によって相当ばらつきがあり、電車に乗っても仕事先でも、どきりとする場面がある。リスクへの意識に差のある人をつい批判的に見てしまい、そういう自分にストレスを感じていた。

宣言で一転、出かける仕事はなくなって、自宅と週1、2回行くスーパーだけの日々に。仕事の中心は新聞などに連載する文章を書くことなので、締切は変わらずあり、むしろ「よくこの上に出かける仕事までしていたな」と思った。家ですることに集中できたこの間が、健康状態はもっともよかった。

コロナ禍について、句会のメンバーがメールに書いてきたことが印象的だ。月例の句会をリモートで行うかどうかを、全員メールで相談していたとき、今の状況についてひとりが「爆弾が降ってくるよりマシです」。たしかに、戦争の脅威とはまったく違う。外にはウイルスが蔓延しているとしても、屋根を突き破って落ちてくるわけではないのだ。

自然災害とも状況は異なる。17世紀ペストが猛威をふるったロンドンで、食糧を蓄えて家に籠もり、収束後何ごともなかったように出てきた人たちがいたと、本で読んだ（『ペスト』ダニエル・デフォー著、中公文庫）。自然災害は避けられないが、感染症は制御できる。接触を断つことで。

集まらない。会わない。近寄らない。正面から向き合わない。声を発しない。手をふれない。自粛とは「しない」ことだ。「しない」のが自分にできる最大限のことだとは、無力を感じる。スーパーで人が目の前で財布を落としても、拾って渡すと怖れられ、かえって迷惑なのだと思うと、自分が災厄の運搬人のような気がしてくる。ふるまいも心も萎縮し、体はウイルスに蝕まれていなくても、まるでウイルスの囚われ人のようだ。自粛中書きものに精を出していたのも、「しない」だけの期間に終わらせたくない、「する」ことをみつけ、できることが自分にもあると証し立てたい思いからだろう。

俳句もまた「する」ことをもたらした。リモート句会を自粛中はじめて体験した。とりまとめ役の人にメールで投句し、一覧表にしたものが全員へ送信され、選を返信する方式だ。兼題に引き続き席題も行った。思いのほか集中できたし、移動を伴わないのは体力的に常にいっぱいいっぱいの私にはありがたい。時間的にも同様で、この方式なら親の介護をしていた頃も参加できただろう。

自粛は緩んできているが、感染が収束に転ずるのか、さらなる拡大に向かうか、予測がつかない。完全に解除されても、ポスト・コロナとプレ・コロナとで社会や人との関係がどう変わるのか。

確かなのは句作において句会の果たす役割の大きさだ。自粛中、俳句をはじめてから12年間の句を整理し、そのことを実感した。参加する句会が定まってからが、句の数は圧倒的に多い。

対面、リモート、方式のいかんを問わず、句会は句作に欠かせない。このことはコロナの前と後で変わらないと言い切れる。

99歳の応援

99歳で6・5億円を集める？　外出自粛期間中にネットで調べものをしていたとき、目についたニュースだ。イギリスの男性が、100歳の誕生日までのひと月近くの間に、歩行器を使って自宅の庭を100往復する目標を設定。併せてそのようすを家族が撮影しネットに上げて、新型コロナと闘う医療現場への寄附を呼びかけたそうである。

自宅といっても王室のニュースに出てくるお城のようなお屋敷ではない。庭の「片道」が25メートルらしいから、日本の一般的な家よりむろん広いが、学校のプールくらいを想像すればいいか。私が見はじめたときは、撒水ホースやスコップが出しっ放しになっていたり、孫の遊び道具らしきものが散らかっていたり、動画の隅に犬の尻尾が映り込んでいたりで「ふつうの家」感が満載だった。

じわじわと話題を呼んで、100往復達成のときは、庭は片づいて風船が飾られ、軍人が並んで敬礼。寄附金の流れは止まらず、ひと月近くの間に約44億円にまで上ったというからすごい。家にいながらにして！

もとはがん治療と腰の骨折の手術を受けたことから、お礼のつもりではじめたそうだ。ということは日常生活はいろいろと不自由で、家族をはじめ人の助けを借りる場面も多いだろう。日本で言う要介護３くらいに当たるかも。高齢でも、体の状態が万全でなくても、そんな大きな応援ができるのだ。

いや、高齢だからこそ、もっといえば超高齢であってこそだろう。若者や中年が同じことをしても、これほどの巨額はたぶん集まらなかった。「99歳」がものを言ったのだ。年を重ねることはそれだけ影響力を持ち、外へ出られなくても人を動かすことができる。

プラスアルファの要因として、「ちょっとかっこいい」ことも挙げたい。歩行器につかまる曲がった背中、おぼつかない足もとは、まぎれもない超高齢者だが、ときに金ボタンの紺のブレザーを着込み臙脂のネクタイなどを締め、なかなかにりゅうとしていた。

私も長生きを願っているし、身なりを少し構うようでありたい。幸いにも願いがかなえられたらこの紳士にならって、長寿を人のために使うこともめざそう。

あとがき

定期健診で血圧を測ると、いつもより少々高い。「高めの人が今多いです」と医師。新型コロナで神経が常に張りつめているのだろうと。たしかに、日々の暮らしが急激に変わった。未知のウイルスへの恐怖に加え、マスクや消毒液など身を守るものが得られない不安。外出制限、不慣れなリモートワーク、仕事の中止や延期、予定の立たない不確実さから来るストレス。生活リズムを作っていた習慣が失われ、ペースをなかなかつかめない。午前四時過ぎに海外の通信社が発表する、世界の感染者数をネットで確かめてから眠りにつくことがしばらく続き、ごみの日を何度もすっとばして「これではいけない」と思った。

感染はある程度防げることがわかった。人とできるだけ接触しないという方法で。あとは例えば、備えが不安な品々を焦って街に求めても、その行動が感染リスクに身をさらすし、さらなる品不足や社会不安を招く。接触を控える、手洗いの励行やマスク着用の他は「特別なことをしない」という立ち向かい方もあるのだ。

この本には感染が拡大しはじめてからのエッセイを主に収めた。中心をなすのは日本経済新聞の生活情報面の連載である。感染拡大当初は迷いがあった。世の中のどこもかしこもコロナ。ほっとひと息つける場所を読者に提供すべきか、と。新聞社の人の助言が印象的だった。新聞は今を伝えると同時に、記録という性質も持つ、ニュースは一面の記事で残るが、そのときの気分や生活実感は残りにくい、と。以来、コロナにあえて触れないという考えはなくなった。生活実感は職業や家族構成により大きく違うだろうが、異なる立場の人にも目配りしているかのような文章上のふるまいは、人々の心が敏感なとき、すぐに見抜かれる。お気楽と評されようと、自分のありのままを書く、それしかない。

未知の事態に遭遇した日々の記録は、千年に一度の規模となった東日本大震災のときにもある（「東京震災日記」　２０１１年７月中央公論新社刊『「こつこつ」と生きています』所収）。私が人の言葉に感じやすくなっていて、他責的な言葉は、内容は同意できるものであっても「耳を塞ぎたい気持ち」とまで書いている。「ふつうの生活を送れていることへの感謝、その中で自分はどうするか、自分にできることは何かといった問いの上に立たない論評は、人に届かない」。百年に一度といわれるパンデミック（感染症の世界的大流行）の中、自らへの戒めとしている。

２０２０年11月

岸本葉子

文庫版あとがき

50代最後の年はめまぐるしく過ぎた。身の回りの状況がみるみる変わっていった。

先週まで当たり前だったことがそうでなくなり、新しい方法が生まれている。仕事先の建物にマスクなしでは入れない。人と話すときは正面から向き合うのを避け、なるべく距離をとる。レジカウンターはアクリル越しに。お金は手渡しせずにトレイで。なじみの店員でも声に出して挨拶していいのかどうか。すぐ前で人が財布を取り落とし小銭をばらまいてしまっても、拾うのを手伝うのが適切なのかどうか。50代から60代へ移る時期が、感染症の世界的な広まりという未知の事態の始まりに当たったためだ。

拡大が収まり行動制限のなくなった今からすれば、早くも昔の感がある。「あの頃はこうだった」と読んでしばらくぶりに思い出すことがいろいろだ。それでも文庫に残すのは、単行本のあとがきに書いた記録という意味合いのほか、もうひとつある。社会事象としては過去のものでも、模索のすがたは現在、そして未来に通じるためだ。ふつうのことがふつうでなくなっていく中、心の「ふつう」を守りたいともがいている。

うまく適応していたとは必ずしもいえない。読み返すと、自分とは異なる他者のふるまいにずいぶんと過敏だったり懲罰的になったりしているなと感じる。ちょうど洗いすぎた手の皮が薄くなって荒れたりささくれたりするように。

他方、どうにか保てていたものも。「こんなときだからこそ」気分を上げる試み、人や情報につられずに必要なぶんだけ求めるスタイルなどだ。

動かしていいと気づいたこともある。絶対と思い込んでいた前提を、実は変えていいのだと。行かなくても可能だとわかった仕事や趣味、人との交流。従来の方法をとれなくなってもあきらめないでいい、別の方法でできると知ったのは、60代への大きな励みだ。

感染症に限らず予測のつかないことが世の中では起こり得るし、そうでなくても老いの先行きは不透明。変えていいコト、変えたくないモノの模索は続く。

２０２４年夏

岸本葉子

小社より二〇二〇年十二月に刊行された単行本『ふつうでない時をふつうに生きる』を改題、文庫化した。

中公文庫

60代《だい》、変《か》えていいコト、変《か》えたくないモノ

2024年6月25日　初版発行

著　者　岸《きし》本《もと》 葉《よう》子《こ》

発行者　安部 順一

発行所　中央公論新社
〒100-8152　東京都千代田区大手町1-7-1
電話　販売 03-5299-1730　編集 03-5299-1890
URL https://www.chuko.co.jp/

ＤＴＰ　嵐下英治
印　刷　大日本印刷
製　本　大日本印刷

Published by CHUOKORON-SHINSHA, INC.
Printed in Japan　ISBN978-4-12-207528-3 C1195

定価はカバーに表示してあります。落丁本・乱丁本はお手数ですが小社販売部宛お送り下さい。送料小社負担にてお取り替えいたします。

岸本葉子＊好評既刊

捨てきらなくてもいいじゃない？

何を捨てたらいいかわからない？　心と体の変化にあわせてモノに向き合い「持ちつつも、小さく暮らせる」ライフスタイルを提案。

中公文庫

エッセイの書き方
読んでもらえる文章のコツ

エッセイ道30年の人気作家が、スマホ時代の文章術を大公開。起承転結の転に機転を利かし自分の「えーっ」を読み手の「へえーっ」に換える極意とは？

中公文庫

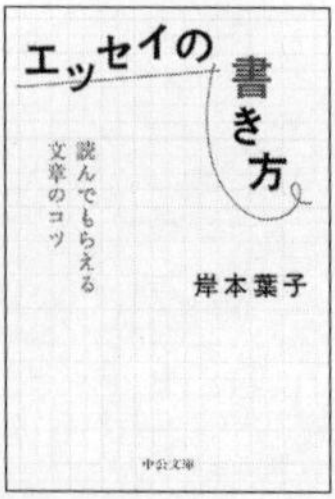